Daniel Tappeiner, Jahrgang 1983, geboren in Norditalien, war über ein Jahrzehnt lang in einem weltführenden Dentalkonzern tätig, wo er Tages- und Entwicklungstätigkeiten verrichtete. Tappeiner lebt gemeinsam mit seiner Ehefrau in Meran bei Südtirol, Italien.

sich das Bild einer verlassenen Landstraße. *Aber wo ist das Fahrzeug?*

Hinter einer Kurve erschien plötzlich ein rostiger, alter Pick-up. Erleichtert atmete sie auf und kämpfte sich augenblicklich Meter für Meter durch das Dickicht wilder Sträucher und Buschwerke den Abhang hinab. Unten angekommen, schrie Tamara aus Leibeskräften nach Hilfe und stellte sich mit erhobenen Händen dem Geländewagen in die Quere.

Aus der Ferne ertönten Bremslaute und er hörte ihre verzweifelten Schreie. Er hielt inne und verschnaufte. Wut stieg in ihm auf. Er wollte sie nicht töten, im Gegenteil. Er wollte sie mitnehmen in sein geheimes Versteck. Sich um sie kümmern. Sie für immer bei sich behalten. Er hatte sich auch erst dort an ihr vergreifen wollen. Doch es hatte ihn überkommen. Er hatte so lange auf sie gewartet. Diesen Moment so lange ersehnt, dass er sich nicht mehr zurückhalten konnte.

Jetzt aber war seine Chance dahin. Von nun an würde sie sich verbarrikadieren und mit Sicherheit für lange Zeit das Haus nicht mehr verlassen. Polizei, Eltern oder Verwandte wären ständig bei ihr. Sie sich noch einmal zu greifen, wäre riskant. Die Gefahr, dass er gefasst würde, wäre zu hoch.

Er hätte sie so gerne noch öfter gehabt. Das Verlangen nach ihr war immens. Denn sie war alles, wonach er immer gesucht hatte. Sie hatte ihn in seinen Träumen verfolgt, seinen Gedanken. Rund um die Uhr. Er hatte nicht damit gerechnet, dass es bei einer einmaligen Sache bleiben würde.

Somit würde er wohl oder übel nicht drumherum kommen, sich Ersatz zu suchen, das war ihm völlig klar. Und er freute sich bereits darauf. Obgleich ihm jede andere nichts bedeuten würde. Auch würde er keine von ihnen in sein Versteck bringen. Sie waren es nicht wert. Keine von ihnen. Es würde ihm nicht schwerfallen sich unverzüglich wieder von ihnen zu trennen. Sie zu töten. Denn keine war wie *sie.*

Er vernahm Türknallen und anschließende Schleiflaute, als der Wagen offenbar mit hoher Geschwindigkeit davonbrauste. Entmutigt blickte er einige Momente lang zu Boden.

Schließlich trat er verbittert den Rückzug an.

KAPITEL 1

Mailand, 6. April, heute

Als sie eintraten, hatten sie die finstere Gasse hinter sich gelassen. Den dampfenden Rauch, der sich über den Kanaldeckeln verteilte und langsam in der Atmosphäre auflöste. Den Geruch nach Urin und Fäulnis.

Aber hier drin roch es keinen Deut besser. Schlimmer noch, es lag sogar eine Note Ammoniak in der Luft. Domenico hatte die Nase gestrichen voll. Er wollte nicht mehr. Er war Ende dreißig und hatte die letzten zehn Jahre nichts anderes getan, als verdeckt zu ermitteln. In zwei Fällen hatte er mehrere Jahre damit verbracht, sich zum inneren Kreis jener Organisationen vorzuarbeiten, deren Existenz sie beenden wollten. Prostitution und Menschenhandel waren sein Spezialgebiet. Er hatte getrunken, makabre Mutproben bestehen müssen und Drogen genommen, wenn es sein musste. Letzteres hatte er jedoch nur im Notfall über sich gebracht. Um nicht aufzufliegen. Den Schein zu wahren.

Er war diszipliniert und hatte niemals so enden wollen wie manch einer seiner Kollegen. Nämlich in einer Entzugsanstalt. Nervlich am Boden, körperlich ausgelaugt und kaum mehr in der Lage, einen klaren Gedanken zu fassen. Ohne zu wissen, auf welcher Seite sie standen. Ohne zu wissen, wer sie waren. Beinahe schon selbst zum Kriminellen geworden. Es waren Männer, die auf einem dunklen, langen Pfad ihre Seele verloren hatten.

Niemals wollte Domenico so sein. Er wusste, dass er damit etwas Bestimmtes über Bord werfen würde. Nämlich seine Motivation. Das, was ihn tief in seinem Inneren dazu gedrängt hatte, auf genau diesen Beruf hinzuarbeiten. Er wusste, dass all die Mühe dann umsonst gewesen wäre. Ebenso wie der ganze Fall und die gesamte Operation – alles wäre zunichte. Ohne Sinn.

Er hatte nie etwas anderes sein wollen, denn nur so konnte man zum Kern vordringen. Es war seine Bestimmung. Allerdings hatte mittlerweile selbst er eine Pause nötig. An seinem dritten und aktuellen Fall arbeitete er bereits seit über einem Jahr. Er infiltrierte eine Gruppe möglicher Kindesentführer, hatte aber bisher keinerlei Beweise, Geständnisse oder belastendes Material vorzuweisen.

Die Ermittlung war aufgrund besonderer Indizien ins Leben gerufen worden. Der Ursprung jener Indizien waren Gerüchte, welche in der gesellschaftlichen Oberschicht ihre Kreise zogen. Es handelte sich dabei um die oberste Riege der Gesellschaft, von superreichen Geschäftsmännern bis hin zu einflussreichen Personen des öffentlichen Lebens, sprich ansässige Filmstars und Sänger, sowie deren Hintermänner wie Produzenten oder Manager.

Die Rede war von einem kuriosen, neuen Angebot. Eine bestimmte Gruppierung bot ein exklusives Arrangement, welches Treffen mit unter zehnjährigen Mädchen und Jungen garantierte. Neu daran war, dass es sich anscheinend um einheimische Kinder handelte.

Für gewöhnlich wurde die Nachfrage mit Minderjährigen aus dem Ausland gestillt, hierbei handelte es sich jedoch um einen völlig neuen Markt mit dem Slogan: *Garantiert inländisch.*

Tatsächlich hatte sich nach anfänglichen Recherchen herausgestellt, dass in den Armenvierteln der Stadt und Umgebung eine enorme Dunkelziffer nicht angezeigter Kindesentführungen existierte. Dies war darauf zurückzuführen, dass sich einige verarmte Haushalte, sprich arbeitslose, zugleich meist drogenabhängige Eltern offenkundig einen Dreck um das Verschwinden ihrer Kinder scherten – wahrscheinlich hatte man explizit nach solchen Familien Ausschau gehalten. Andere wiederum verkauften ihre Nachkommen sogar für ein paar Euro oder den nächsten Schuss. *Und das alles im eigenen Land*, schoss es Domenico immer wieder durch sein Gemüt.

Das Resultat seiner Nachforschungen hatte ihn entrüstet, angewidert und anfangs sogar völlig aus dem Konzept gebracht. Es hatte einige Zeit in Anspruch genommen, bis er sich wieder mit klarem Kopf seiner Aufgabe hatte widmen können. Sich darauf besonnen hatte, weshalb er all das tat. Nämlich um solche Missstände aufzudecken und die Verantwortlichen sowie jegliche Mittäter dingfest zu machen. Das war es, was er wollte und genau das war es, weshalb er diesen Job verrichtete.

Inzwischen war er so weit vorgedrungen, dass er Kontakt mit einem der Untermänner jener Gruppierung pflegte. Mutmaßlich war der Kopf der Organisation ein Mann namens Santano, Spitzname *il Magistrato – der Magistrat.* Der Name war während seiner Untersuchung öfter gefallen.

Begonnen hatte Domenico seine Ermittlungen in schäbigen Etablissements jeglicher Art, welche inoffiziell der hiesigen Mafia zuzuordnen waren. Dazu gehörten dubiose Bars, Wettgeschäftsstellen sowie illegale Untergrundmärkte. Seine vorübergehende Identität war die eines kroatischen Zuwanderers mit ellenlangem Vorstrafenregister, die bis ins kleinste Detail authentisch wirkte.

Er hatte sich vorbei an Handlangern, dessen Vertrauen er sich erschlichen hatte, über Kuriere, bis knapp an die Hierarchiespitze des kriminellen Zirkels vorgearbeitet. Und nun stand er da, in einem finsteren Untergeschoss, während ihm fauliger, modriger Gestank in die Nase stieg.

Pepe, Spitzname *Peperoncino* schloss hinter ihnen die rostige Stahltür, worauf diese mit einem lauten Rumsen ins Schloss fiel, sodass Domenico flüchtig zusammenzuckte. Anschließend betätigte Pepe den Lichtschalter und blickte in Domenicos Richtung. „Ich bin froh, dass Santano endlich das Okay gegeben hat, dich heute zum ersten Mal mitzunehmen. Ich habe hier einen verlässlichen Mann dringend nötig – 'nen Typen wie dich. Außerdem gibt's für heute eine dringende Anfrage, du musst mir also helfen."

Domenico hasste Pepes Geruch und den Anblick seiner faulen Zähne, jedes Mal wenn er den Mund aufmachte. Er war von mittelgroßer Statur, seine Kleidung verwaschen und seine Fingernägel schmutzig.

„Und das hier ist unser Hauptprodukt", fügte Pepe hinzu und wandte sich mit einer demonstrierenden Geste um, als stünde er in der Manege eines Zirkus.

Domenico eröffnete sich das Bild eines weiten Kellergewölbes. An den Wänden rings um sie lagen scharenweise vermoderte Matratzen am Boden. Auf ihnen ruhten die regungslosen Körper einer Vielzahl an Kindern. Keines von ihnen schien älter als zehn Jahre alt zu sein. Ihre Körper waren in erbärmlichem Zustand und ihre schmutzigen Klamotten hatten sich mittlerweile völlig verfärbt.

Beinahe hätte Domenico gewürgt, doch er unterdrückte es rechtzeitig und schaffte es, trotz all seiner inneren Widerstände, Haltung zu wahren. Ein Kind saß im Schneidersitz aufrecht und blickte starr ins Leere. Es war ein Mädchen. Ihr zerzaustes, kohlschwarzes Haar reichte ihr bis an die Hüfte. Besonders auffallend waren die großen, hellbraunen Augen ihres bildhübschen Gesichts. Augen, die so unendlich tief waren, dass es sicherlich jedem Betrachter schwerfiel, nicht in ihnen zu versinken. Dennoch waren es die Augen einer leblosen Hülle. Bewegungslos saß sie da wie die Statue eines vergangenen Jahrhunderts. Es machte sogar den Eindruck, als schließe sie niemals ihre Lider.

„Und das, mein Lieber", sagte Pepe, zeigte dabei auf das Mädchen und trat an den Rand der löchrigen Matratze, „ist unsere Hauptattraktion."

Domenico folgte Pepe und hatte dabei alle Mühe, sich seine Erschütterung nicht anmerken zu lassen. Doch seine Fassade begann bereits zu bröckeln. Er spürte es tief in sich.

Das Mädchen war kaum älter als neun. Ihre verwahrloste Gestalt löste Zorn in ihm aus, wobei ihn der Anblick ihres entseelten Gesichts zutiefst ergriff. Denn dieses unschuldige, wunderschöne Gesicht bewies sich in ihrer Situation mit Sicherheit nicht als Vorteil. Im Gegenteil, wahrscheinlich war sie genau darum das meistbegehrteste Objekt in diesem Raum. *Wie viele haben sich bereits aufgrund dieses wunderhübschen Antlitzes an ihr vergangen?*, fragte sich Domenico erschüttert. *Wie viele bloß?* Sie stellte die personifizierte Sehnsucht eines jeden pädophilen Triebtäters dar. Für all jene war sie offenkundig der fleischgewordene Traum im Engelsgewand.

„Ist sie sediert?", wollte Domenico wissen, nachdem er die Frage zuvor mehrere Male im Geiste wiederholt hatte, um sie so trocken wie nur irgend möglich zu stellen. Denn inzwischen konnte er sich kaum noch beherrschen. Der Zug, ein beeindruckendes Schauspiel abzuliefern, war bereits abgefahren. Alles, was noch in seiner Macht stand, war, seiner Stimme Klanglosigkeit zu verleihen. Mehr war nicht drin.

„Das sind sie alle", antwortete Pepe gleichgültig. „Sie stehen unter Heroin. Sonst gäb's bloß Quengelei." Er drehte sich zu Domenico um und beobachtete, wie dieser reglos das Mädchen anstarrte.

„Ja, ich versteh schon", fuhr Pepe fort und wandte sich ebenfalls wieder dem zarten Geschöpf zu. „Beeindruckend die Kleine, nicht wahr?"

Dann beugte er sich zu ihr und musterte sie von oben bis unten, als sei sie eine Skulptur. Ihr leerer Blick blieb unverändert. Dabei sprach Pepe gelassen und langsam weiter, so als führe er eine Präsentation vor: „Ich sag dir eins: Das Ding hier ist ein absoluter Profi. Die Kleine hat schon öfter gevögelt als du, ich und all unsre Freunde zusammen und das auf jede nur erdenkliche Weise. Ihre Kunden sind irgendwelche reichen Drecksäcke, die das unbändige Verlangen danach haben, die Muschi eines Kindes zu lecken, das wahrscheinlich halb so alt ist wie ihre eigenen Töchter. Kranker Scheiß. Falls du auch drauf stehst, kannst du sie ausprobieren – na ja, das heißt, solange das noch möglich ist."

Domenico begann zu schlucken. Schon nach dem ersten Satz des Vortrags waren Pepes Worte in seinem Gehirn verschwommen und ein unausstehliches Summen brannte sich in sein Gehör. Seine Auffassungsgabe war inzwischen auf null gesunken und er spürte, wie er unausweichlich zu zittern begann. Eine unbeschreibliche Hitze breitete sich in ihm aus, worauf eine einsame Schweißperle sein Gesicht hinabtropfte.

„Was meinst du damit?", fragte er. Es hörte sich bloß an wie ein gebrochenes Flüstern, zu mehr war er nicht imstande.

„Na, ist doch klar." Pepe blickte zu ihm auf. „Ihre besten Zeiten hat sie hinter sich. In Kürze ist sie zu alt für ihre Zielgruppe – wenn es nicht schon so weit ist."

„Was heißt das?"

Pepe näherte sich ihm und sah ihm scharf in die Augen. „Na, du weißt ja: Dreck ist nutzlos. Und darum kommt Dreck für gewöhnlich auf den Müll, nicht wahr?"

Ein weiteres Mal drohte Domenicos Abendessen, sich durch die Speiseröhre hochzuarbeiten. Inzwischen war sein gesamtes Gesicht schweißgebadet, während sich seine Beine taub anfühlten. Er fürchtete, das Gleichgewicht zu verlieren, wobei diese unglaubliche Hitze ihn allmählich an den Rand der Verzweiflung trieb.

Plötzlich musterte Pepe Domenicos Gesichtszüge und sah ihn fragend an. *Mit Sicherheit kommt ihm mein Verhalten bereits verdächtig vor,* dachte Domenico. *Mein Benehmen fordert es ja geradezu heraus. Mist!*

Pepe wollte gerade etwas sagen, als sich die angestauten Emotionen in Domenicos Innerem schließlich bündelten. Entrüstung, Wut, Mitleid, Verzweiflung – sie alle fraßen sich durch sein Nervenkostüm und endeten in einer Explosion. Im selben Moment hatte Domenico bereits eine blitzschnelle Handbewegung ausgeführt, welche Pepe den Kehlkopf zertrümmerte.

Mit beiden Händen fuhr sich dieser an den Hals. Er keuchte und rang nach Luft. Sein fragender Blick weitete sich nun zu einem erschrockenen Zerrbild, das um sein Leben fürchtete. Schließlich sank er langsam auf die Knie. Domenico verfolgte, wie sich Pepes angsterfüllte Gesichtszüge wandelten, während seiner Luftröhre rasselnde Geräusche entwichen. Plötzlich glitt eine von Pepes zitternden Händen seinen Körper hinab und vergrub sich unter der löchrigen Jeansjacke. Wie Domenico erkannte, verbarg sich hinter dem Jackensaum ein Pistolenholster.

Während Peperoncino seine Waffe hervorzog, zückte Domenico bereits eine *Beretta 9mm* aus seinem Hosenbund und drückte ab.

Ein lauter Knall.

Aus einer Schusswunde auf Pepes Stirn quoll Blut. Dann sackte sein Körper leblos zu Boden.

Stille breitete sich aus.

Diese hielt jedoch nur einen Augenblick an. Denn plötzlich ertönte am anderen Ende des Raumes das Geräusch einer Tür, die von einer Wache gewaltsam aufgestoßen wurde. Mit einer halbautomatischen Handfeuerwaffe in der Hand sah sich der Mann um und erblickte Pepes Leiche. Anschließend blickte er zu Domenico auf. Für den Bruchteil einer Sekunde beobachtete Domenico, wie der Mann versuchte, die Situation zu analysieren. Schließlich begriff der Wachmann und setzte zum Schuss an. Domenico war schneller und eliminierte ihn durch einen Treffer in die Brust.

Im selben Moment hörte Domenico Schritte aus einer anderen Richtung. Er blickte sich um und erkannte den Schatten einer weiteren Person, die hinter einem offenen Durchgang zum Vorschein kam. Sofort ging er hinter einem der schlampig verputzten Pfeiler in Deckung. Gleich darauf hallte ein ohrenbetäubender Kugelhagel durch das Gewölbe. Der Mörtel platzte aus der Säule, während sich darüber ein Netz aus Einschusslöchern flocht. Ein Projektil verfehlte nur um Haaresbreite eines der am Boden liegenden Kinder.

Irgendwann verstummten die Schusslaute und Domenico vernahm ein klackendes Geräusch. *Der Mann muss nachladen!* Augenblicklich hechtete Domenico hinter dem Pfeiler hervor und setzte den Wächter durch einen gezielten Kopfschuss außer Gefecht. Das Blut, das aus seinem aufgeplatzten Schädel sprudelte, verteilte sich blitzartig über das Gemäuer.

Dann ging der Mann zu Boden.

Wieder herrschte Stille.

Der Geruch von verbranntem Schießpulver lag in der Luft, während sich der Rauch des Gefechts langsam in der Atmosphäre auflöste.

Domenico ließ seine Waffe sinken und starrte benommen vor sich hin. *Was habe ich da bloß getan? Wie konnte es nur dermaßen mit mir durchgehen?*, fragte er sich verbittert. Es war das erste Mal, dass er die Kontrolle verloren hatte. Auch wenn es nie wieder geschehen würde; selbst zu diesem *einzigen Mal* hätte es niemals kommen dürfen, das wusste er. Und er wusste auch, dass dies mit Sicherheit sein letzter Undercovereinsatz sein würde. Denn er war ausgelaugt. Was hier geschehen war, war der Beweis dafür.

Er war niemals korrupt gewesen, hatte niemals die Regeln verletzt und stets die Vorschriften beachtet. Doch das alles hätte von nun an keinen Bestand mehr. Denn nun war er genau das, was er nie sein wollte: nämlich ein dreckiger Cop.

Obwohl Pepe seine Waffe auf ihn gerichtet und ihn hatte töten wollen, war es dennoch Domenico gewesen, der diese blutige Lawine losgetreten hatte. Der Schlag gegen seinen Kehlkopf war der Auslöser gewesen. Der Ursprung. Womit einzig und allein Domenico derjenige war, der angefangen hatte. Wenn auch ungewollt.

Trotzdem würde nun eine interne Untersuchung eingeleitet werden. Es war die übliche Vorgehensweise nach einem Schusswechsel mit Todesfolge. Darin sollte geklärt werden, ob sein Leben vor der Eskalation bedroht worden war, ob ein Schussgefecht als einziger Ausweg galt und er vorschriftsmäßig gehandelt hatte. Da Ersteres nicht der Fall war, waren alle weiteren Punkte hinfällig.

Ihm war klar, dass er einen Fehler begangen hatte. Er hatte die Beherrschung verloren. Vollkommen. Und nun würde er den Preis dafür bezahlen müssen. Seinen Dienstausweis, seine Karriere – nun wäre er wahrscheinlich alles los. Würde man ihn nicht freisprechen, so wären seine ehrenhaften Ideale belanglos. Zudem würde er ins Gefängnis wandern. Zu all jenen, die er einst verhaftet hatte.

Wie er es auch drehte und wendete; seine makellose Laufbahn hatte soeben sein Ende gefunden. Hier in diesen finsteren Gemäuern. Seine Tage als korrekter Ordnungshüter waren gezählt.

Vielleicht war es auch gut so, blitzte es ihm durch den Kopf. Denn er war müde.

Es sei denn, er würde sich etwas einfallen lassen. Möglicherweise seine Aussage etwas verdrehen und hier und da am Tatort etwas verändern.

Doch er fürchtete, auch dann würde ihn auf ewig ein schlechtes Gewissen heimsuchen.

Daher lag es nun daran, überlegt abzuwägen und seine Situation genauestens zu durchleuchten. Denn jetzt musste er eine Entscheidung treffen.

KAPITEL 2

„In Kürze ist sie zu alt für ihre Zielgruppe – wenn es nicht schon so weit ist."

„Was heißt das?"

„Na, du weißt ja: Dreck ist nutzlos. Und darum kommt Dreck für gewöhnlich auf den Müll, nicht wahr?", ertönten Domenicos und Pepes Stimmen aus dem digitalen Abspielgerät, welches auf dem Tisch vor ihm stand. Währenddessen blickte Domenico die drei Staatsbeamten an, die ihm gegenübersaßen, sein Ausdruck blieb ungerührt. Im Anschluss gab die Aufnahme einige Momente ein leises Rauschen von sich.

„Das ist jetzt der Moment, als er das Messer hervorzog", erklärte Domenico. „Da dachte ich, er hätte kurzfristig entschieden, sie gleich auf der Stelle zu töten. Er setzte die Klinge an ihren Hals. Ich reagierte sofort. Es war mir geglückt, es ihm abzunehmen und ihm einen Schlag gegen die Kehle zu verpassen – da können Sie hören, wie er röchelt." Domenico zeigte mit seinem Finger auf das Gerät.

„Dann griff er plötzlich nach einer Waffe, die sich unter seiner Jacke in einem Halfter verbarg", fuhr er fort. „Bevor er jedoch etwas ausrichten konnte, zog ich meine Pistole und schoss."

Einen Augenblick lang herrschte Stille im Raum. Anna Vivaldi, eine stramme Frau mittleren Alters, die

einen Hosenanzug trug, starrte entgeistert vor sich hin.
Sichtlich noch immer entrüstet darüber, welch menschenverachtenden Dialog das Tonband soeben offenbart hatte. Sie war vermutlich so einiges gewohnt, Pepes Worte jedoch übertrafen alles, was sie bisher gehört hatte.

In Italien war es seit jeher die alleinige Aufgabe des
Staatsanwalts, interne Ermittlungen durchzuführen,
wofür ihm ein Team aus verschiedenen Mitarbeitern
des Ministeriums zur Verfügung stand. Der leitende
Staatsanwalt hatte Domenicos Fall an Anna Vivaldi
übertragen, welche die örtliche Staatsanwältin war –
und ein wahrer Hai. Domenico hatte bereits von ihr gehört und ihr Ruf eilte ihr voraus: streng, aber fair.

Es war allgemein bekannt, dass die meisten internen
Angelegenheiten an sie weitergeleitet wurden. Wie Domenico erkannte, hatte sie noch zwei weitere Beamte
hinzugezogen, welche sie bei der Untersuchung unterstützten und gemeinsam mit ihr eine Art Entscheidungsgremium bildeten. Einer von ihnen war Domenico fern bekannt. Es war ein ehemaliger Streifenbeamter, der kurz vor seiner Rente stand. Der andere war
ein junger Mann, den Domenico weder kannte, noch
wusste, für welchen Bereich des Ministeriums er tätig
war.

Schließlich erklang das Geräusch mehrerer Schusslaute aus dem Gerät. Einer der uniformierten Mitarbeiter beendete die Aufnahme, indem er eine Taste betätigte.

„Nun, den Rest kennen wir bereits. Was mich ein wenig irritiert ist ...", er machte eine Pause und sah Domenico beirrt entgegen. „Sie sagten doch, Sie hätten ihm das Messer abgenommen. Allerdings konnte ich vor dem ersten Schuss leider keine Geräusche eines Handgemenges vernehmen. Könnten Sie das vielleicht irgendwie erklären?"

Domenicos leerer Blick schweifte zu Boden, gleich darauf sah er wieder auf. „Nein. Kann ich nicht."

Der Mann wollte etwas hinzufügen, als ihm sein älterer Kollege das Wort abschnitt: „Es kann natürlich sein, dass Ihre Kleidung sich während der Auseinandersetzung gegen das Mikro presste – das kann schon mal passieren. Nichtsdestotrotz werden wir unsere Informationen genauestens abwägen und uns ausgiebig beraten." Dann wandte er den Blick erwartungsvoll der Staatsanwältin zu, so als wolle er ihr das Wort übergeben.

Anna benötigte einen Augenblick, bis sie reagierte, dann sah sie plötzlich konzentriert auf. „Ja, so ist es. Der Tatort wird zurzeit noch gründlich untersucht. Die beiden Gegenstände die Sie beschrieben haben, die Schusswaffe und das Messer, wurden ebenfalls sichergestellt. Sobald wir die Auswertung der Fingerabdrücke und alles Weitere vorliegen haben, werden wir uns besprechen. Im Anschluss hören Sie von uns. Inzwischen melden Sie sich bitte bei Ihrem Vorgesetzten Herrn Tollini, er wird Ihnen weitere Instruktionen erteilen. Bis dahin bedanken wir uns für das Gespräch und Ihre Kollaboration."

„Keine Ursache", nickte Domenico.

Anschließend erhob er sich und reichte jedem von ihnen die Hand.

„Ach, und bevor ich es vergesse, bleiben Sie bitte erreichbar, falls wir noch Fragen haben sollten“, warf Vivaldi ein, während sie ihm die Hand schüttelte.

„Das werde ich.“

Dann verließ Domenico den Raum.

Natürlich hatte er seine Arbeit fortführen und weiterhin den Bösen dieser Gesellschaft das Handwerk legen wollen. Und dass er das gut konnte, bestätigte seine Bilanz. Er war überzeugt davon, dass jeder Mensch auf dieser Erde ein Talent besaß – und Verbrecher jagen war nun mal seines. Er war wie geschaffen dafür.

Doch das war nicht der wahre Grund, weshalb er den Tatort etwas aufpoliert hatte und ein Klappmesser mit Pepes Fingerabdrücken zurückließ, das er immer bei sich trug und auch noch einige weitere Kleinigkeiten veränderte. Nein, der Hauptgrund war, dass er Santano alias *il Magistrato* nicht einfach so davonkommen lassen wollte.

Denn würde er im Laufe einer internen Ermittlung letztlich des unvorschriftsmäßigen Handelns für schuldig befunden, so würde dies den gesamten Fall gefährden. Sämtliche Informationen, die er bisher gesammelt hatte, würden wahrscheinlich für nichtig erklärt, da seine Glaubwürdigkeit mit einem Mal dahin wäre und somit jedes seiner Ergebnisse infrage gestellt würde. Denn wer glaubte schon einem rücksichtslosen Revolverhelden?

Außer Pepes Aufnahme, in der er Santano erwähnte, lagen keine weiteren Beweise vor. So würde es letzten Endes darauf hinauslaufen, dass die Ermittlungen gegen Santano eingestellt wurden und der gesamte Fall ins Wasser fiele. Und der Magistrat würde unbescholten davonkommen. Ohne Strafe. Ohne Prozess. Ohne jegliche Konsequenzen für seine grausamen Taten.

Das hätte Domenico nicht mit sich vereinbaren können. *Niemals.* Denn es waren Männer wie Santano, die der Auslöser dafür waren, dass er diesen Beruf gewählt hatte. Dass er sich, kaum dass es möglich war, zur Akademie gemeldet hatte. Sie waren es, weshalb er sich vom anfänglichen Streifenpolizisten geradewegs hochgearbeitet hatte. Durch Männer wie ihn, plagte er sich ununterbrochen durch Fortbildungen und Lehrgänge und absolvierte all die nötigen Prüfungen, um dort hinzukommen, wo er nun war.

Sie waren es, die ihm den nötigen Ansporn dazu gegeben hatten, jenen täglichen, erbitterten Kampf zu führen. Nämlich den Kampf gegen diese menschenverachtenden Grausamkeiten, welche diese Männer tagtäglich ihren Opfern zufügten. Gäbe es auch nur einen Funken Gerechtigkeit auf diesem Planeten, so wusste Domenico, würde er jenen Funken für genau diese Opfer geltend machen.

Männer wie der Magistrat ekelten ihn an. Sie waren die Verursacher für all das Leid auf dieser Welt. Sie waren Menschenhändler, Sadisten und Folterer. Sie zerstörten Leben und bescherten ihren Opfern körperliche und seelische Höllenqualen. Was sie diesen Opfern antaten, war unbeschreiblich und sorgte selbst bei hartgesottenen Ermittlern wie Domenico, noch immer für die ein oder andere Gänsehaut. In seinen Augen waren sie *Abschaum. Abschaum, der seine gerechte Strafe erhalten sollte.*

KAPITEL 8

„Vielen Dank, dass Sie es so kurzfristig einrichten konnten. Für die Unannehmlichkeiten entschuldige ich mich natürlich."

„Nicht doch, ich hab sowieso nichts zu tun. Wie Sie wissen, sitze ich während der gesamten Untersuchung auf der Reservebank", antwortete Domenico, wobei er von Lorena in die Praxis geleitet wurde.

Während sich Lorena an ihren Schreibtisch setzte, ließ er sich gegenüber auf der Couch nieder und beobachtete, wie sie ihr Notizheft zur Hand nahm. Er sah, wie sie ihre glattrasierten Beine übereinanderschlug, die unter dem grauen Rock ihres Businesskostüms hervorblickten. Sie trug dazu dezente Pumps und eine weiße Bluse. Ihr strohblondes Haar trug sie wie immer stilvoll nach oben gesteckt, was die zarten Konturen ihres Gesichts umso mehr hervortreten ließ.

„Wie fühlen Sie sich heute?", fragte sie und sah ihm dabei mit einem warmen Lächeln entgegen.

„Doch, es geht eigentlich. Sagen wir mal, den Umständen entsprechend." Er streckte seine Arme zur Seite aus und ließ sie auf der Sofalehne ruhen.

„Das ist doch gar nicht mal schlecht. Konnten Sie sich gedanklich etwas freimachen?"

„Nicht wirklich."

„Ich verstehe", meinte sie und sah ihn einige Momente eindringlich an.

„Was ist das erste Wort, das Ihnen einfällt, wenn Sie sich an Ihre Kindheit erinnern?", schleuderte sie plötzlich wie aus der Pistole geschossen hervor.

Domenico fühlte sich überrumpelt und begann sein Gedächtnis abzurufen, als Lorena geschwind einwarf: „Nicht nachdenken, sagen Sie einfach ein Wort – schnell!"

Er spürte, wie sich seine Stirn kräuselte, doch sie setzte ihn weiter unter Druck. „Los!"

„Rechtschaffenheit", antwortete er überfordert.

„Rechtschaffenheit?" Ihre Augen weiteten sich überrascht.

„Ich wusste doch, dass das komisch klingen würde", erwiderte er und fühlte sich kleinmütig.

„Nein, nein, nichts wird jemals komisch klingen", winkte sie beschwichtigend ab. „Alles hat seinen Grund und darum wüsste ich nun gerne, was Sie mit diesem Wort assoziieren. Ich bin ganz Ohr." Sie lehnte sich konzentriert nach hinten, verschränkte ihre Arme und blickte ihm erwartungsvoll entgegen.

Domenico ertappte sich, wie er begann, mit den Fingern an seinem Kinnbart zu zupfen. Augenblicklich überfiel ihn ein Anflug an Schwermut und er versuchte in Worte zu fassen, welches Bild er gerade vor Augen hatte.

Lorena blieb still und gab ihm Zeit. Während sie auf seine Antwort wartete, studierte sie eingehend seinen Ausdruck.

„Wissen Sie", begann er und ihm fiel auf, dass seine Stimme stockte, „es war einer jener tiefgreifenden Momente, die sich mir auf ewig ins Gedächtnis brannten und an denen sie mir tief in die Augen sah. Ich meine damit meine Mutter. Es war, als sie genau dieses Wort aussprach."

Lorena nickte aufmerksam. Währenddessen bemerkte Domenico, wie seine Gedanken abschweiften und er plötzlich in einer Vielzahl an Erinnerungen zu versinken drohte.

„Gab es oft solche Augenblicke?", fragte Lorena, worauf Domenico bemüht war, wieder zu sich zu finden.

„Was meinen Sie? Momente, in denen sie mir eindringlich in die Augen blickte?"

„Wenn Sie die Frage so verstehen wollen, ja. Wie wäre denn ihre Antwort?"

Domenico fühlte sich verunsichert und fragte sich, was seine Therapeutin da mit ihm machte. *Will sie mir eine Falle stellen?*

„Wenn ich mich recht entsinne", antwortete er schließlich, „hat sie mir eigentlich nie so recht in die Augen gesehen. Merkwürdig, insofern war mir das eigentlich nie bewusst", er spürte, wie ihn für einen kurzen Augenblick ein zaghaftes Lächeln überkam, dann fuhr er fort. „Sie sprach mich meist von der Seite an, während sie irgendetwas machte, wie kochen oder so. Ansonsten blickte sie mich höchstens mal kurz an. Dennoch möchte ich ihr eine solche Lappalie keinesfalls vorhalten. Sie hat schließlich immer alles für mich getan. Hat immer hart gearbeitet, mich durchgefüttert."

Wieder machte er eine kleine Pause, während Lorena ihn mit wehmütigem Ausdruck beobachtete.

„Kommen wir wieder zurück auf dieses Wort, das Sie erwähnten. Was hat es damit auf sich?", warf Lorena ein.

„Na ja, wie gesagt, da war dieser eine Moment. Sie hatte einen ihrer schweigsamen Tage – was oft so war. Ich befand mich im Flur unserer kleinen Wohnung und beschäftigte mich mit meinen Spielzeugautos. Sie hatte wieder mal den ganzen Tag in ihrem Zimmer verbracht. Als sie rauskam und auf dem Weg ins Badezimmer war, hielt sie unvermittelt inne und beugte sich zu mir hinab. Sie fasste an mein Gesicht und wandte es zu sich. Dann sah sie mir in die Augen – so eindringlich wie nie zuvor, und sagte: *Versprich mir, dass du ein rechtschaffender Mensch wirst. Versprich es mir, sonst bringst du mich um.* Ihre Miene war völlig ausdruckslos. Dann richtete sie sich wieder auf, ging weiter und verschwand hinter der nächsten Tür."

Domenico schluckte und blickte zu Lorena auf. Schweigen kehrte ein.

„War Ihre Mutter depressiv?", brach Lorena schließlich die Stille.

„Ich weiß es nicht. Ich glaube nicht, ich denke sie war einfach so. Ich kannte sie nicht anders. Sie war nicht die Frau vieler Worte. Doch sie hielt viel auf Disziplin und sie war streng. Verstehen Sie mich bitte nicht falsch – sie war eine gute Mutter, nur hatte sie eben ihre Launen und verdammt viele Prinzipien." Er senkte seinen Blick und fürchtete, sich erneut in seinen Gedanken zu verlieren. „Rechtschaffenheit. Kein alltägliches Wort für einen Achtjährigen. Ich wusste noch nicht mal, was es bedeutete, ich musste es erst nachschlagen – und selbst dann war es mir nicht ganz klar. Doch im Laufe der Jahre hatte ich begriffen, was sie damit meinte. Ihr persönlich ging es dabei mehr um Rechtschaffenheit als Mann in Bezug auf das andere Geschlecht. Sie hatte alles darangesetzt, mich zu einem dieser Kavaliere zu erziehen. Sie wissen schon, Frauen mit Respekt behandeln, ihnen die Tür aufzuhalten, sie niemals zu schlagen. Es war beinahe schon erdrückend." Dann blickte er wieder zu Lorena auf und erzählte ihr schließlich jedes Detail seiner Kindheit. Von seiner Schulzeit, dass er als Einzelkind ohne Vater aufgewachsen war und dass er damals in einer Stadt namens *Sassuolo* lebte.

Allmählich erfasste Lorena die Gründe für Domenicos zwanghaftes Verhalten. Mit jedem Wort vervollständigte sich das Puzzle. Stück für Stück. Denn es folgten noch weitere Schilderungen über seine Mutter, eine Frau, die ihn offenbar bei jeder sich bietenden Gelegenheit darüber aufklärte, wie ein Mann eine Frau zu behandeln habe. Ihre Motive waren Lorena zwar noch teilweise unklar, dennoch klärten sich schrittweise eine Vielzahl an Aspekten um Domenicos Persönlichkeit. Seine Berufswahl und seine unermessliche Aufrichtigkeit. All diese Gesichtspunkte waren die Folgen einer mütterlichen Erziehungsprägung.

Er sprach es zwar nicht deutlich aus, vieles umschiffte er, jedoch vermochte es Lorena zwischen den Zeilen zu lesen und erkannte, dass er ein Kind von Trauer war. Ihm selbst war es höchstwahrscheinlich nie klar gewesen, da er es nicht anders kannte. Für ihn waren es Rückblicke auf ein gewöhnliches Leben. Doch er hatte es ganz offensichtlich unter einer Mutter geführt, welche ihm stets mit Distanz begegnet war. Er war noch ein kleiner Junge gewesen und hätte ihre Nähe gebraucht. Ihre Liebe.

Er hatte seine Mutter so geliebt, wie sie war und war ihr offenbar zu keiner Zeit mit Vorwürfen entgegengetreten. Obgleich sie ihm niemals die Liebe hatte geben können, nach der er als Junge so sehr gehungert hatte. Und er hungerte noch heute nach ihr. Eine Liebe, die sie stets besessen hatte, tief in sich, doch welche sie scheinbar ihr ganzes Leben lang nie hatte ausleben können. Sie hatte sie in sich getragen, Domenico glaubte, es in ihren Augen erkannt zu haben. Doch diese Liebe war hinter einem Gebilde aus Schmerz und Kummer weggesperrt worden. Damit hatte er sich bereits von klein auf abgefunden. Das war für Lorena auch der Schlüsselgrund, weshalb er selbst heute noch, als erwachsener Mann, dermaßen nach menschlicher Zuneigung lechzte.

Lorena hatte all seinen Ausführungen aufgeschlossen gelauscht. Als er dann fertig war, sah er sie an und meinte mit zwanglosem Ton in seiner Stimme: „Tja, ich würde mal sagen, jetzt wissen Sie so ziemlich alles über mich.“

Lorena neigte sich vorsichtig nach vorne und blickte ihm eine Weile in seine hellen, bernsteinernen Augen. Dann stellte sie ihm eine weitere Frage. Sie wusste, das Terrain, auf das sie sich nun zu begeben gedachte, könnte verletzend sein und eine aufwühlende Reaktion in ihm hervorrufen. So versuchte sie, ihrer Stimme dabei einen so warmherzig und eindringlichen Ton zu verleihen, wie nur irgend denkbar: „Hat sie Sie denn je in den Arm genommen?“

Domenico wirkte verlegen und er schaute fragend auf.

„Hat sie Ihnen je gesagt, dass sie Sie liebt?“

Wieder blickte er bloß beschämt umher und seine Augenlider begannen nervös zu blinzeln. Kummer schien sich von seinem Innersten nach außen zu fressen, während von einem Moment auf den anderen die hilflose Seele eines kleinen Jungen in seinen Augen aufflackerte.

„Hat sie das?“

Langsam sank sein Blick zu Boden und er schüttelte kaum wahrnehmbar seinen Kopf. „Nein. Niemals …“ Seine Worte waren nicht mehr als ein Flüstern.

„Das dachte ich mir bereits. Das muss schwer für Sie gewesen sein, das hat Ihnen bestimmt gefehlt, nicht wahr?“

Er zuckte nur mit seinen Schultern und wich ihrem Blick aus. Auf seiner Miene zeichnete sich Scham ab.

„Das muss Ihnen nicht peinlich sein. Wir alle brauchen Liebe, Nähe und Zärtlichkeit. Egal wer und wie alt wir sind“, sprach sie auf ihn ein. „Domenico, sehen Sie mich an.“

Widerwillig blickte er ihr schließlich entgegen.

„Alles ist gut“, fügte Lorena hinzu und schenkte ihm dabei ein warmes Lächeln.

Sie erkannte, wie er ein wenig errötete und seine Augen glasig wurden. „Ich fürchte, nun wird auch Ihnen so einiges klar, nicht wahr?“ Sie sah ihn an und was sie erblickte, war Schmerz und Trauer. Sie biss sich einen Moment auf die Lippen, dann versuchte sie behutsam weiterzusprechen. „Ich denke, Sie müssen das Ganze nun erst mal in Ruhe sacken lassen. Darum würde ich vorschlagen, dass wir uns beim nächsten Mal weiter darüber unterhalten.“

Er nickte stumm, worauf sich Lorena wieder in die Lehne ihres Schreibtischsessels zurückfallen ließ und ihm etwas Zeit gab, sich zu sammeln.

„Eine letzte Sache noch. In einer der vorigen Sitzungen sagten Sie, Ihre Mutter sei vor ungefähr anderthalb Jahren verstorben. An einem Schlaganfall, wenn ich mich nicht irre?“

„Ja. Es war kurz bevor ich meinen letzten Fall antrat“, antwortete er mit wiederkehrender Nüchternheit.

„Haben Sie noch alte Erinnerungsstücke an sie? Persönliche Sachen?“

„Als ich damals ihre Wohnung auflöste, habe ich so ziemlich alles entrümpelt. Letztlich habe ich lediglich einen Karton mit nach Hause genommen. Er steht seither unten in meinem Keller. Es befindet sich eine handgemachte Muttergottesstatue darin, ein Rosenkranz, ein eingerahmtes Bild – alter Krimskrams eben.“ Nachdenklich blickte Domenico zur Seite. „Weil wir gerade davon sprechen, da fällt mir ein, dass dieses eingerahmte Bild das einzige Foto von uns beiden ist. Sie pflegte niemals ein Fotoalbum. Es gibt nur diese eine Fotografie, auf der wir gemeinsam abgelichtet sind. Sie stand auf dem Nachtkästchen, neben ihrem Bett.“

Lorena nickte und er sprach mit einem melancholischen Ausdruck weiter. „Sie sagte immer: *Wenn ich mal nicht mehr bin, sieh dir dieses Bild immer ganz genau an.* Keine Ahnung warum sie das gesagt hat. Vielleicht sollte ich es mal wieder auskramen ...“

„Ja, vielleicht sollten Sie das. Ich habe Sie deshalb darauf angesprochen, weil ich möchte, dass Sie sich in nächster Zeit ein wenig mit Ihrer Vergangenheit beschäftigen. Sehen Sie sich diese alten Gegenstände an und womöglich fallen Ihnen weitere Dinge ein, die Sie mittlerweile vergessen haben. Und wir können uns dann in der nächsten Sitzung darüber unterhalten."

„Okay", erwiderte er.

Lorena legte ihre beiden Handflächen auf den Tisch und sprach ein erlöstes „Gut" aus. Währenddessen beobachtete sie, wie sich Domenico aufrichtete und auf seine Armbanduhr blickte.

„Dann wären wir wieder so weit", meinte er.

Blitzschnell erhob sich Lorena und sagte: „Da wäre noch etwas ..." Sie fühlte sich ein wenig schuldbewusst und stockte beinahe. „Etwas Persönliches. Es geht dabei um mich."

Domenico wandte sich ihr zu und sie sah, wie sich seine Augenbrauen hoben.

„Ich brauche Ihren Rat. Es geht um etwas, das absolut diskret behandelt werden muss."

Er zögerte kurz, dann antwortete er mit aufgeschlossenem Blick: „Ist in Ordnung. Ich verspreche es."

Lorena trat hinter dem Bürotisch hervor und bewegte sich auf ihn zu, dabei bemerkte sie, wie sie nervös mit ihren Fingern spielte. „Nun, es ist mir etwas unangenehm, doch ich würde Sie gerne um einen Gefallen bitten. Es tut mir leid, Sie damit zu behelligen."

„Schießen Sie einfach los."

„Dazu muss ich Ihnen zuerst so einiges erzählen. Wenn Sie mir bitte folgen würden."

Im Vorbeigehen griff sie sich den Schlüsselbund, der auf dem Tisch lag und begab sich zum anderen Ende des Raumes. Dort sperrte sie die Tür zu ihrer Wohnung auf und wies Domenico mit einer Geste einzutreten.

Er schritt über die Schwelle und sah sich mit großen Augen um. Sie schloss die Tür, marschierte an ihm vorüber und er folgte ihr in ein geräumiges Wohnzimmer. Es war bereits Abend und sie machte eine Stehlampe an, die gedämmtes Licht in den Raum warf. Um den Wohnzimmertisch standen ein gemütliches Sofa und ein Sessel.

„Setzen Sie sich doch", meinte Lorena und fuhr dabei den Laptop hoch, der auf dem Tisch stand. Anschließend ging sie durch das Zimmer und betrat die offene Küche. Sie griff nach einer Flasche Wein aus dem Regal über ihr und rief ins Wohnzimmer: „Möchten Sie ein Glas Wein? Ich habe immer eine Flasche offen!"

„Für mich nicht! Ein stilles Wasser, wenn Sie haben", erwiderte er und setzte sich dabei in den stoffbezogenen Sessel.

Als sie zurückkam, stellte sie ihm ein Glas Wasser hin, ließ sich auf dem Sofa nieder und trank sofort einen kräftigen Schluck Rotwein.

Während er sie aufmerksam beobachtete, sagte er: „Dann sind Sie also Trinkerin?"

Lorena überkam unweigerlich ein Lächeln und sie musste alles daransetzten, sich nicht zu verschlucken. „Wenn Sie das so empfinden wollen."

Er lächelte ihr kurz zu, dann blickte er ihr plötzlich mit ernstem Ausdruck entgegen. „Scherz beiseite – also worum geht's?"

Sie sah ihn an und schwieg einen Moment. Dann trank sie erneut einen Schluck und begann ihre Erzählung mit dem Satz: „Es war vor über zwanzig Jahren." Darauf folgte eine detailreiche Ausführung darüber, was damals geschehen war. Von der Vergewaltigung ihrer Schwester, deren tragisches Ableben und dass es offenbar ein zweites Opfer gegeben hatte. Zumindest berichtete Lorena ihm so viel, insofern es ihr aus der Sicht eines einst kleinen Mädchens möglich war. Da sie sich erst Jahre später eingehend damit befasst hatte, war ihre Schilderung nicht mehr als das, was man aus einem Zeitungsbericht hätte erfahren können.

Sie schloss damit ab, indem sie Domenico bekundete, sie hätte nicht die blasseste Ahnung, was die damaligen Ermittlungen ergeben hatten. „Ich weiß weder, ob Spuren gefunden wurden, noch war jemals die Rede von einem Verdächtigen. Genaugenommen weiß ich recht wenig."

Ein Moment der Stille kehrte ein, als Domenico schließlich sagte: „Das mit Ihrer Schwester tut mir sehr leid. Das alles muss sehr schwierig für Sie gewesen sein." Der Ausdruck in seinen Augen war ehrlich und aufrichtig.

„Ja. Das war es", entgegnete sie leise. Dann versuchte sie die Gedanken an Tamara wieder beiseitezuschieben und ihrer Stimme einen ernsten Ton zu verleihen. „Allerdings kann ich über den Täter von zwei Besonderheiten berichten: Dass er an einer der schlimmsten Formen von Mundgeruch litt und ebenso von einem Merkmal seiner Augen. Sie waren verschiedenfarbig, ein grünes und ein graues. Es nennt sich Heterochromie und ist eine Störung der Irispigmentierung. Es kommt ungemein selten vor. Tamara hat es damals jenem Polizist berichtet, der zu uns nach Hause kam.“

Domenico nickte und sah ihr weiterhin stumm entgegen, als sie schließlich fortfuhr. „Und letzte Nacht bekomme ich das hier. Der Hausportier hat es am Empfang gefunden, eine Mikrochipkarte in einem Umschlag mit folgendem Inhalt.“ Sie drehte den Bildschirm ihres Notebooks in seine Richtung und spielte die Datei ab.

Domenico kniff seine Augenlider zusammen und hörte sich mit konzentriertem Blick die Aufnahme an. Als die knapp zweiminütige Wiedergabe zu Ende war, wandte er sich ihr zu und sie erkannte seine geweiteten Augen.

„Haben Sie das der Polizei gemeldet?“, fragte er umgehend.

„Nein, ich möchte das Ganze vorerst privat behandeln.“

„Aber Sie müssen es der Polizei melden“, entgegnete er vehement.

„Und was würden die tun? Könnte man die Aufnahme irgendwie verwerten?“

Domenicos Miene wirkte plötzlich ein wenig reumütig. „Ich muss gestehen, dass das nur ginge, wenn der Täter mittels eines Verzerrers seine Stimme verändert hätte. In dem Fall könnte man die Sprachverzerrung wieder zu ihrem Ausgangspunkt rekonstruieren. Doch dieser Kerl da flüstert. Ein Flüstern kann man nicht zu seiner Ursprungsstimme aufwerten.“

„Und die Speicherkarte?“

„Nun, auch da muss ich Ihnen sagen, dass sich bei solchen Objekten eine Nachverfolgung sehr schwierig gestaltet. Solche Minichipkarten gibt's in jedem Elektrohandel, Supermarkt und Onlineshop. Trotzdem sollten Sie –"

„Wir haben also nichts", schnitt Lorena ihm mit scharfem Blick das Wort ab. „Daher sagen Sie mir nun Ihre professionelle Meinung: Würde es wirklich etwas bringen?"

Er verstummte kurz, bis er letztlich antwortete: „Na ja, es würde wenigstens Anzeige erstattet."

„Ja, Anzeige gegen unbekannt. Ich melde der Polizei einen Unbekannten, der keinerlei Spuren hinterlassen hat." Dann blickte sie ihm tief in die Augen. „Also frage ich Sie noch einmal: Würde es denn wirklich einen Sinn machen? Ich hatte Frauen hier auf meiner Couch sitzen, die von ihren Ex-Partnern gestalkt und terrorisiert wurden – die Polizei konnte in allen Fällen rein gar nichts machen. Es konnte höchstens ein Annäherungsverbot erwirkt werden, und selbst dafür braucht man wenigstens einen Namen. Sie wissen, dass ich recht habe."

Während Domenico ihr entmutigt entgegensah, zeichneten sich auf seiner Stirn tiefe Falten ab.

„Ich verspreche Ihnen", sie verlieh ihrer Stimme wieder einen etwas feinfühligeren Klang, „ich werde es zur Anzeige bringen, doch zuvor möchte ich einfach nur die Lage einschätzen – die Sache aus eigener Hand beleuchten und mehr Informationen über den Fall meiner Schwester erhalten. Werden Sie mir dabei helfen?"

Wieder schwieg er einige Augenblicke, wobei sie ihm förmlich ansehen konnte, wie sämtliche Gedanken in ihm arbeiteten. Zugleich hoffte sie, dass er sie in diesem Moment nicht durchschaute. Dass er nicht bemerkte, dass sie es bloß deshalb nicht den Behörden meldete, weil es für sie etwas Persönliches war.

In Wahrheit wollte sie noch vor allen anderen so viel wie möglich über das Ungeheuer herausfinden. Bevor das Ganze als offizieller Fall galt. Nach wie vor war ihr noch nicht klar, wohin sie das alles führen sollte – doch eines war Fakt: Sie wollte wissen, wer er war. Der Mann, der das Leben ihrer Schwester, ihrer Mutter und ihr eigenes zerstört hatte. Sie wollte es wissen. Bereits seit zwanzig Jahren. Und sie wollte es selbst herausfinden. Ohne Domenicos Unterstützung wäre das jedoch unmöglich.

„Na schön. Ich helfe Ihnen", antwortete er schließlich.

Lorena atmete erleichtert aus. „Ich danke Ihnen."

„Aber nur unter einer Bedingung", mahnte er, worauf sie ihn erwartungsvoll anschaute. „Ich mache ein paar Recherchen, kläre Sie über die damaligen Ermittlungen auf und das war's dann. Hinterher informieren wir sofort die Behörden. Sie sollten wissen, dass ich das nur mache, weil ich Sie sehr schätze."

„Abgemacht", erwiderte Lorena.

„Schön, also wenn wir das schon anpacken, dann professionell", sagte er und rieb sich dabei die Hände. Lorena konnte erkennen, wie er sich auf der Stelle in seinem Element befand.

„Wird der Eingang des Gebäudes kameraüberwacht?"

„Soviel ich weiß, ja", antwortete sie, stand augenblicklich auf und begab sich zum Wohnzimmerausgang. Im Türrahmen blieb sie stehen und fasste hinter die Wand, wo sich eine Sprechanlage befand. Sie betätigte ein paar Tasten, als ein Piepsen aus dem Lautsprecher erklang.

„Massimo hier, wie kann ich helfen, Frau Renga?", ertönte die Stimme des Portiers.

„Guten Abend, Massimo. Eine Frage: Haben Sie noch die Kameraaufnahmen des Eingangsbereichs von letzter Nacht?"

„Oh, die Kameras funktionieren schon den ganzen Monat nicht! Keine Ahnung was da passiert ist – ich habe bereits mit dem Techniker für nächste Woche einen Termin festgelegt."

Lorena und Domenico blickten sich überrascht in die Augen.

„Kann ich sonst etwas für Sie tun, Frau Renga?"

„Nein danke, Massimo. Ich wünsche Ihnen eine gute Nacht."

„Alles klar, auch Ihnen eine gute Nacht."

Lorena trat auf das Sofa zu und setzte sich wieder. Sie spürte Entrüstung in sich aufkommen und begann auf ihren Fingernägeln zu kauen.

Domenico sah sie an und sagte mit leiser und eindringlicher Stimme: „Wie es aussieht, ist er bereits ganz in Ihrer Nähe, Lorena. Das könnte gefährlich werden."

„Ja, augenscheinlich ...", antwortete sie und spürte, wie sie ein übles Gefühl überkam.

Er musterte sie einen Augenblick lang und versuchte sie anschließend wieder aus ihren Gedanken zu reißen: „Na ja, lassen wir uns davon nicht abbringen."

Sie sah ihn an. „Okay."

„Gut. Denn nun brauchen wir Ihren Sachverstand", meinte Domenico und erhob sich. Lorena beobachtete, wie er langsam im Kreis ging und weitersprach. „Kriminalistisches Profiling mag zwar ganz und gar nicht Ihr Fachgebiet sein, dennoch sollten wir versuchen, uns ein Bild von dem Kerl zu machen. Wie weit würde er gehen? Was sind seine Motive? Worum ging es ihm bei Tamara? Versuchen Sie ihn anhand Ihrer psychologischen Kenntnisse zu analysieren – und wenn es sich dabei bloß um ein oder zwei Ansätze handelt, jede Kleinigkeit könnte uns helfen. Womit haben wir es bei dem Kerl zu tun?"

Sie sah, wie er plötzlich stehen blieb, die Arme verschränkte und ihr einen erwartungsvollen Blick zuwarf.

„Nun ja", setzte sie an und ertappte sich dabei, wie sie ein wenig zögerte, „er ist ein Vergewaltiger und Mörder. Er schien von Tamara besessen zu sein, was er nun auf mich projiziert."

Eine Pause entstand, während Domenico ihr eingehend in die Augen blickte.

„Das war jetzt doch wohl zu einfach", sagte er und setzte sich zu ihr. Dann fuhr er mit ruhiger Stimme fort: „Sie müssen versuchen, sich selbst und Ihre Befangenheit außen vorzulassen. Betrachten Sie das Ganze als dritte Person und tun Sie so, als wäre die Schwester von jemand anders gestorben und hätte nun diese Botschaft bekommen. Verlassen Sie sich ganz auf Ihr Fachwissen und konzentrieren Sie sich."

Lorena nickte, wandte langsam ihren Blick ab und versuchte, tief in sich zu gehen. Sie rief all ihr Wissen ab und kombinierte es mit den gegebenen Fakten, während sie sich zugleich bemühte, Domenicos Vorgaben umzusetzen.

„Dass er mich gefunden hat, war der Auslöser. Von da an war er *gezwungen,* Kontakt zu mir aufzunehmen", begann Lorena und blickte dabei starr und gedankenvertieft vor sich hin. „Er musste es mich wissen lassen. Denn für ihn bin ich *sie.* Quasi seine zweite Chance. Wir müssen also wissen, was Tamara für ihn bedeutet, denn dasselbe gilt dann ebenso für mich. Er vergöttert sie, will Kontrolle über sie und hat Fantasien von ihr. Dass sie sich getötet hat, fasste er als persönliche Zurückweisung auf. Eine, mit der er nicht umgehen konnte. Er mag Wiederholungstäter sein, doch letztlich geht es ihm immer nur um sie: Tamara. Die Art, wie er sie in der Aufnahme beschreibt, deutet darauf hin, dass für ihn alles, was an einem weiblichen Individuum begehrenswert ist, auf ein einziges Ideal reduziert ist: auf sie. Sie personifiziert all seine Sehnsüchte. Wodurch dieses Idealbild in ihm geprägt wurde, kann ich nicht sagen. Es könnte ein Abbild seiner Mutter oder Schwester sein. Es könnte auch einfach nur seiner Fantasie entsprungen, ihm von seinem Vater oder den Medien vermittelt worden sein. In jedem Fall wird er sich irgendwann von diesem Drang lösen müssen. Er wird erst ruhen, wenn er das Objekt seiner Begierde besitzt."

Lorena brach ab.

„Was bedeutet, dass er das Objekt irgendwann zu sich holen wird", vollendete Domenico, was sie nicht aussprechen wollte.

Lorena erkannte, dass er ihr ansah, wie bestürzt sie in diesem Moment war. Letztlich bestätigte sie seine Äußerung mit einem Nicken.

„Bis meine Nachforschungen abgeschlossen sind, werden Sie das Gebäude nicht verlassen, okay?", fügte er ernst hinzu.

„Ja … natürlich", antwortete sie und war dabei völlig gedankenvertieft. Schlagartig wurde ihr die Tragweite des gesamten Unterfangens bewusst. *Sie* wollte ihn fangen? Wie sie soeben begriffen hatte, war das Gegenteil der Fall. Die Zielscheibe war *sie*. Sie war es, die gejagt wurde und in Gefahr war – und nicht umgekehrt. Er war hinter ihr her und er würde alles daransetzten, sie bei sich zu haben. Er würde sie einfangen wie ein Löwe seine Beute. Er würde über sie herfallen und wer weiß was mit ihr anstellen. Der Gedanke daran ließ sie augenblicklich einen kühlen Schauer verspüren, der über ihren gesamten Körper hinwegzog.

„Ist sie das?", riss Domenico sie aus ihren Gedanken und blickte dabei zur Wohnwand hinüber. Auf einem Regal über dem Fernseher stand eine eingerahmte Fotografie. Es war die Abbildung eines Mädchens, das sich im Jugendalter befand.

Lorena folgte seinem Blick und fühlte, wie sie langsam wieder in die Gegenwart zurückkam. Leise antwortete sie: „Ja. Das ist Tamara."

Lorena merkte Domenico sofort an, wie er im Geiste die Ähnlichkeit zwischen ihr und Tamara bewunderte. Das glatte, strohgelbe Haar, die kantige Nasenspitze. Selbst ihre halbvollen Lippen und die großen, blauen Augen waren so gut wie identisch. Das Foto hätte locker ein Bild aus Lorenas Jugendzeiten sein können.

„Ich weiß noch", begann Lorena zu sprechen und spürte, wie Melancholie in ihr aufstieg, „wie wir abends oft zu dritt *Monopoly* spielten. Tamara, Mutter und ich. Tamara war darin immer die absolute Gewinnerin. Ich war oft wütend und beleidigt, immer wieder wenn ich ein Spiel verlor. *Wer verliert, sollte es stillschweigend hinnehmen*, sagte sie stets", ihren Lippen entglitt ein kaum sichtbares Lächeln. „Sie wäre mit Sicherheit eine tolle Geschäftsfrau geworden. Zumindest habe ich mir das immer so vorgestellt."

Domenico sah sie an und schwieg. Schließlich trafen sich ihre Blicke und Lorena erkannte seinen anteilnehmenden Ausdruck. Der Moment schien ewig zu dauern und beinahe lief sie Gefahr, sich in seinen einfühlsamen Augen zu verlieren.

Domenico wartete einige Momente, dann sagte er schließlich: „Ich werde ebenfalls Ihre Mutter befragen müssen. Wo wohnt sie zurzeit?"

„Sie ist verstorben", erwiderte Lorena. „An den Folgen eines Gehirntumors. Bereits vor vier Jahren."

„Das tut mir ebenfalls sehr leid."

„Schon gut. Es ging ganz schnell. Wenn Sie mich fragen, ist sie jedoch an gebrochenem Herzen gestorben. Sie hat Tamaras Tod nie überwunden."

„Das glaub ich Ihnen. Trauer kann ein verdammtes Miststück sein."

Lorena lächelte kurz. „Allerdings." Gleich darauf spürte sie jedoch, wie sie erneut in ihren Gedanken zu versinken drohte. „Wenn man so darüber nachdenkt … wir müssen über so viele Menschen trauern, weil sie frühzeitig aus unserem Leben gerissen werden. Was ist bloß aus dem guten, alten Einschlafen-und-nicht-mehr-aufwachen geworden?"

„So würden Sie gerne sterben?", wollte er mit Interesse wissen.

„Natürlich, Sie etwa nicht?"

„Ach, ich hätte es da lieber etwas filmischer – ein Heldentod oder so."

Wieder lächelte Lorena, ohne jedoch auf seine Aussage einzugehen. Wahrscheinlich hatte er ihr die plötzliche Sorge angesehen, als sie vor wenigen Minuten den Ernst der Lage begriff. Und nun versuchte er sie mit ein wenig Lockerheit auf andere Gedanken zu bringen. Was sie äußerst süß fand, dennoch schienen seine Bemühungen vergebens.

„Tja, dann werde ich mal sehen, was ich tun kann", meinte er plötzlich und erhob sich aus dem Sofa. „Ich werde mich gleich morgen früh auf den Weg nach Tonezza del Cimone machen und mich dort nach dem Fall erkundigen. Vielleicht bekomme ich Akteneinsicht."

„Vielen Dank noch mal", betonte sie und geleitete ihn durch das Wohnzimmer. „Ich komme natürlich für alle Kosten auf."

Er nickte bloß und erwiderte: „Bevor ich's vergesse … haben Sie den Briefumschlag noch?"

„Ja, in einer Schublade in der Praxis."

„Gut. Es wird zwar nicht viel nützen, doch ich würde gerne versuchen, Fingerabdrücke davon zu nehmen. Ich habe noch ein altes Fingerabdruckset aus der Akademiezeit zu Hause."

„Ja, gerne. Ich gebe Ihnen den Umschlag gleich mit." Nachdem sie den Flur durchquert hatten, öffnete sie die Tür zur Praxis und begab sich geradewegs auf ihren Schreibtisch zu. Dort schob sie das Schubfach auf und wollte ins Innere fassen, als Domenico sie zum Innehalten anwies: „Warten Sie noch einen Augenblick."

Sie blickte auf und sah, wie er zu ihr herantrat.

„Haben Sie zufällig ein Stempelkissen zur Hand?"

„Ja, natürlich", antwortete sie und deutete dabei auf ein kleines, metallenes Etui, das auf dem Tisch stand.

„Gut. Dann bräuchten wir noch ein paar leere Blatt Papier."

Sie öffnete eine weitere Schublade und zog einen Stapel Druckerpapier hervor. Währenddessen griff er nach dem Tintenetui und klappte es auf.

„Darf ich?", fragte er und deutete dabei mit dem Zeigefinger auf ihre zierlichen Hände.

Sie zögerte etwas.

„Keine Sorge, tut nicht weh", meinte er mit einem charmanten Lächeln.

Unweigerlich schmunzelte sie und reichte ihm eine Hand. Sanft griff er nach ihr und umklammerte mit behutsamer Gewalt ihren schlanken Daumen. Er tupfte ihn auf das feuchte Tintenkissen und presste ihn hinterher vorsichtig auf eines der leeren Papiere. Der Reihe nach wiederholte er den Vorgang mit ihren restlichen Fingern, wobei sie ihn aufmerksam bei seiner Arbeit beobachtete. Sein Schweigen und der überaus konzentrierte Ausdruck auf seinem Gesicht, amüsierten sie insgeheim. Jede seiner zarten Berührungen löste eine kaum wahrnehmbare Gänsehaut aus und ließ sie kurzzeitig einen Hauch von Wärme in ihrem Herzen verspüren.

„Alte Schule, wie ich sehe", meinte sie, während Domenico den letzten Abdruck entnahm.

Er lächelte verstohlen. „Na ja, inzwischen werden Fingerabdrücke digital eingescannt. Doch wer sich zu helfen weiß, kann auch improvisieren." Zum Trocknen wehte er mit dem Blatt Papier einige Sekunden lang in der Luft, als wäre es ein Fächer. Zugleich schloss er das Etui und nahm es zu sich. „Dürfte ich das vorübergehend behalten? Ich möchte nämlich gleich den Portier aufsuchen, um auch seine Abdrücke abzunehmen."

Sie nickte. „Natürlich, ich verstehe."

Dann fasste Lorena mit ihrer sauberen Hand in die Schublade und griff mit Fingerspitzen nach dem Briefumschlag. Als sie ihn Domenico überreichte, hob sie ihn in die Höhe, als wäre er ein Reagenzglas, welches eine giftähnliche Substanz in sich barg.

„Dann wünsche ich Ihnen noch eine gute Nacht", sagte er und nahm den Brief ebenfalls vorsichtig an der Kante zwischen Daumen und Zeigefinger an sich.

„Ich Ihnen auch."

Sie geleitete ihn zur Eingangstür und beobachtete, wie er die Schwelle übertrat und sich im Anschluss zu ihr umwandte: „Schließen Sie gut ab. Ich rufe Sie morgen an."

„Mach ich."

Sein Ausdruck war wieder ernst und er sah ihr einige Sekunden stumm entgegen. Letztlich nickte er ihr zum Abschied zu, drehte sich dann um und schritt davon.

Als die Tür hinter ihm ins Schloss fiel, lehnte sie sich mit dem Rücken dagegen und ließ ihren Blick durch den Raum schweifen. Dann betrachtete sie ihre mit blauer Tinte beschmierten Fingerkuppen.

Es ist so weit, dachte sie. *Nun wird das, was vor zwanzig Jahren begonnen hat, ein Ende finden.*

Mit welchem Ausgang war allerdings unbestimmt. Und genau diese Feststellung trieb ihr Furcht in die

Adern. Denn der Pfad, auf den sie sich nun begab, war gefährlich und ungewiss.

Sie fühlte eine erdrückende Enge in sich und sah, wie ihre Hände leicht zitterten. Dass sie sich gemeinsam mit Domenico eben erst in das Gehirn eines Mörders versetzt hatte, war ihrem Befinden ebenfalls nicht förderlich gewesen. Es hatte sie Kraft gekostet. Nicht umsonst hatte sie sich damals gegen ein Studium bezüglich Kriminalpsychologie entschieden. Sie wollte nicht in das Geistesleben von Killern schnuppern und in deren Abgründe blicken. Ihr Ansporn war es, den Opfern zu helfen. Opfern jeglicher Art. Menschen mit familiären oder beruflichen Problemen und natürlich auch Menschen, denen Gewalt angetan wurde. Das Spektrum war weit, von häuslicher Gewalt, über Kindesmisshandlung, bis hin zu Vergewaltigung.

Natürlich nahmen dabei Gespräche über die Täter einen großen Platz ein. Immer wieder kam seitens ihrer Patienten die Frage nach dem *Warum* auf. Warum hat er mir das angetan? Wie konnte sie nur so etwas tun? Ohne eine ausreichende Erklärung, fiel es den Opfern meist sehr schwer, ihr Trauma zu bewältigen. Und auch Lorena selbst hatte sich einst eine lange Zeit mit ähnlichen Fragen auseinandergesetzt. Wie kann es jemand nur fertigbringen, jemanden zu vergewaltigen? Ihn zu quälen? Woher kommt das Böse, das diesen Tätern innewohnt?

Sie hatte all das hinter sich gelassen. Es begraben. Nun jedoch kam alles wieder an die Oberfläche. Die Fragen, die Erinnerungen und der Schwermut, der mit all dem einherging. Am erdrückendsten aber waren all jene Gedanken, die sich mit dem Phänomen des Bösen beschäftigten. Die Frage nach seinem Ursprung. Eine Frage, die niemand so recht zu beantworten wusste. Thesen gab es zuhauf, doch jede war reine Spekulation.

Während Lorena so dastand und über all das nachdachte, kam ihr zwangsläufig Professorin Doktor Camilla Bruno in den Sinn. Lorena hatte das letzte Jahr ihrer Studienzeit deren Kurs besucht. Sie sprach oft über Täter und Opfer und hatte sich eingehend mit der Psyche der Verbrecher beschäftigt. Lorena hatte einen besonderen Draht zu Camilla Bruno und sie nach ihrem Abschluss sogar einige Male besucht. Bruno wusste um Lorenas Vergangenheit und was sie zu bewältigen hatte. Auch wusste Bruno, dass es galt, jene Vorgeschichte zu verarbeiten, ehe Lorena eine eigene Praxis eröffnete. So hatte Bruno ihr mittels einiger Treffen bereitwillig dabei geholfen. Man hätte auch sagen können, Lorena hatte Stunden bei ihr genommen, doch das traf es nicht ganz. Denn es war niemals Geld geflossen. Es war eine Art freundschaftliche Beziehung zwischen Schützling und Mentor gewesen.

Augenblicklich hatte Lorena das Bedürfnis, mit ihr zu sprechen und ihre beruhigende Stimme zu hören. Zwar wollte sie ihr keinesfalls von ihrer aktuellen Lage erzählen, oder sie in sonst einer Form beunruhigen, doch es sprach sicherlich nichts dagegen, einige Worte mit ihr zu wechseln und möglicherweise den ein oder anderen Rat anzunehmen. *Schnapsidee*, sagte eine innere Stimme unverzüglich. *Jemanden, den man seit Jahren weder gehört noch gesehen hat, ohne triftigen Grund mitten in der Nacht anzurufen, ist sogar eine ausgesprochen schlechte Idee.*

Trotzdem kann man doch einfach nur mal „Hallo“ sagen.

Schon hatte sich Lorena auf den Weg in ihre Wohnung begeben und sich im Wohnzimmer bereits an ihren Laptop gesetzt. Die App war geöffnet und schon nach dem ersten Piepen des Freizeichens wanderte ihr Finger wieder jener Taste entgegen, mit der man die Sitzung beendete.

„Lorena? Lorena Renga, sind Sie es? Was für eine freudige Überraschung!“, sagte eine muntere Stimme, während sich das Bild der Internetkamera öffnete. Es war Professorin Camilla Bruno, die Lorena erwartungsvoll ansah.

Lorena zuckte kurz zusammen und strich sich beschämt eine Haarsträhne nach hinten. „Ja, wie es aussieht, bin ich es tatsächlich.“ Lorena bemerkte, wie sie stotterte und versuchte, ihre Verlegenheit rasch mit einem Lächeln zu überspielen.

„Wenn ich um diese Uhrzeit abhebe, dann nur für eine ausgewählte Anzahl an Menschen und Sie sind einer davon!“

„Das ist sehr lieb“, sagte Lorena und fühlte sich dabei geehrt. „Eigentlich dachte ich, Sie sitzen wie immer bis spät in die Nacht hinein an einer Dissertation oder so – aber der Weg des Stundenzeigers hat Sie noch nie sonderlich interessiert.“

„Da haben Sie völlig recht, meine Liebe.“ Bruno verschränkte die Arme und ihr Blick wurde etwas ernster. „Also, was verschafft mir das Vergnügen?“

Camilla Bruno sieht noch genauso aus wie damals, dachte Lorena im diesem Moment. Sie hatte sich kaum verändert. Sie besaß noch immer ihre schlanke Figur, trug schulterlanges, feuerrotes Haar und blickte hinter einer schwarzumrahmten Hornbrille hervor. Vielleicht hatte sich die ein- oder andere Falte eingeschlichen, doch alles in allem war Brunos Äußeres noch genauso, wie Lorena es in Erinnerung hatte.

„Ach … ich wollte mich bloß mal melden und nach dem Rechten fragen“, meinte Lorena und lächelte dabei schüchtern.

Bruno schwieg einige Augenblicke und musterte Lorena.

„Überspringen wir das Ganze einfach, Lorena, es wäre zu beschämend für uns beide. Ich sehe es Ihnen doch an, es geht Ihnen nicht gut. Also, was ist los?“ Ihre Stimme klang gutmütig und hilfsbereit – und auch von ihrer Direktheit hatte Bruno kaum etwas eingebüßt, bemerkte Lorena.

„Ja, Sie haben recht“, antwortete Lorena halblaut.

„Geht es um Tamara?“

„Das könnte man so sagen. Es kommt in letzter Zeit so einiges wieder hoch.“

„Schon länger, oder erst seit Kurzem?“

„Die letzten Tage. Davor ging es mir all die Jahre recht gut und das nicht zuletzt durch Ihre Hilfe.“

„Ich verstehe“, erwiderte Bruno freundlich. „Möchten Sie darüber reden?“

„Eigentlich nicht. Tatsächlich weiß ich nicht, was ich will und weshalb ich Sie eigentlich angerufen habe. Ich denke, ich wollte bloß Ihre Stimme hören und ich entschuldige mich vielmals dafür, dass ich mich im Grunde aus reinem Selbstzweck bei Ihnen melde, ohne überhaupt zu fragen, wie es *Ihnen* geht.“

„Machen Sie sich da mal keine Gedanken, ich verstehe Sie vollkommen. Wenn Sie irgendwann einmal das Bedürfnis verspüren zu sprechen, dann melden Sie sich jederzeit, mein Kind."

„Vielen Dank. Das bedeutet mir sehr viel." Lorena war gerührt und spürte, wie ihre Augen feucht wurden. „Wenn ich ehrlich bin, beschäftige ich mich momentan mit Fragen über Psychopathie und da musste ich zwangsläufig über Ihren Vortrag nachdenken, jener, der das Thema des Bösen im Menschen behandelte. Ich glaube, der Titel lautete *Was du mir angetan hast und warum*, erinnern Sie sich noch?"

„Oje, das ist ja schon so lange her – aber ja, ich erinnere mich."

Die beiden Frauen lächelten und Lorena fügte heiter hinzu: „Gibt es denn inzwischen neue Erkenntnisse oder Forschungen, die Sie Ihrem Ziel, den Ursprung des Bösen zu ergründen, haben näher kommen lassen?"

„Hab's aufgegeben", antwortete Bruno knapp und Lorena kam nicht umhin erneut ein verschmitztes Lächeln abzugeben.

„Das war natürlich ein Scherz", fuhr Bruno fort, worauf ihr Ausdruck allmählich ernst wurde. „Theorien, weshalb Menschen das Böse in sich tragen, gibt es selbstverständlich unzählige. Als mögliche Gründe werden schwere Hirnschäden wie Stirnlappenanomalien genannt, Missbrauch in der Kindheit gilt ebenfalls als mögliche Ursache, auch Geisteskrankheit, oder antisoziale Persönlichkeitsstörungen. Ach, es gibt so viele Thesen, der Bereich ist mittlerweile ein richtiger Zirkus", sie zuckte kurz mit den Schultern und sprach dann unentwegt weiter, während Lorena ihr die Leidenschaft für das Gebiet förmlich von den Lippen ablesen konnte. „Narzissmus wird ebenso gerne mit ins Spiel gebracht. Rücksichtslosigkeit, Egoismus, Gewissenlosigkeit, das alles sind Merkmale eines typischen Narzissten – somit ist wohl jeder gute CEO ein potentieller Psychopath, tötet aber niemanden. Können Sie mir folgen?“

„Ich versuch's", antwortete Lorena und spürte leichte Verunsicherung in sich aufkommen.

„Zum Beispiel gibt es mehrere Forscher, die davon überzeugt sind, dass sogenannte Spiegelneuronen für das Böse im Menschen verantwortlich sind. Das sind Nervenzellen in unserem Gehirn, die dafür sorgen, dass wir Empathie empfinden, uns also jemand leidtut, wir Mitgefühl haben. Ohne diese Neuronen, oder mit einer geschwächten Funktion dieser Zellen, können wir völlig teilnahmslos handeln. Wir können jemanden foltern, ihn töten, ohne dass es uns berührt. Allerdings gibt es Menschen, die auch ohne diese Neuronen ein friedliches Leben führen, verheiratet sind, Kinder haben und zur Kirche gehen – das ist nachgewiesen. Verstehen Sie jetzt? Schließlich sieht sich jede Theorie auch mit Gegenbeispielen konfrontiert, was uns zwangsläufig wieder auf null zurückwirft. Bosheit ist also letztlich eine freie Entscheidung – *warum* wir uns schlussendlich für das Böse entscheiden, wird wohl eines der ewigen, großen Rätsel bleiben.“

„Ich begreife, was Sie sagen wollen.“

Lorena war Brunos Ausführungen konzentriert gefolgt und bemerkte soeben, dass sich inzwischen vor Anspannung ihre Stirnfalten kräuselten.

„Für welchen Typus Psychopath interessieren Sie sich denn generell? Vielleicht könnte ich ja individuell darauf eingehen.“

„Folgende Schlagwörter: Besessenheit, Vergewaltiger, Wiederholungstäter, Mörder“, antwortete Lorena wie aus der Pistole geschossen.

„Eine anspruchsvolle Kombination“, entgegnete Bruno. „Lassen Sie mich mal überlegen.“

Lorena sah, wie die Professorin ihre Lippen aneinanderpresste und mit angespannter Miene umherblickte. Schließlich beugte Bruno sich langsam vor.

„Sie sprechen da von einer der gefährlichsten Sparte Mensch, wie wir sie uns nur vorstellen können“, sagte die Professorin, indes überschattete ein Schleier purer Ernsthaftigkeit ihr Gesicht und Lorena wurde unwohl, während Bruno weitersprach. „Beschäftigt man sich mit so jemandem, dann hat man es mit einem sehr teuflischen Menschen zu tun – einem sehr kranken Menschen. Sie wirken auf den ersten Blick freundlich und gewöhnlich, innerlich sind sie jedoch völlig anders. Dämonisch. Sie denken rein gewissenlos und handeln ausschließlich eigennützig, bar jeder Achtung menschlichen Lebens.“

Für einige Sekunden entstand eine kühle Stille und Lorena blickte starr auf den Bildschirm.

„Kurz gesagt, die Typen sind im Grunde völlig wahnsinnig“, meinte Bruno plötzlich und Lorena entdeckte ein verstohlenes Lächeln in ihrem Ausdruck.

„Wahnsinnig?“, fragte Lorena spaßig. „Lehrten Sie uns nicht, diesen Ausdruck nicht zu verwenden?“

„Das habe ich euch als Professorin gesagt – jetzt spreche ich als Camilla.“

Lorena lachte und erinnerte sich augenblicklich an den Unterricht zurück, in welchem Bruno ernste Themen stets mit einem kleinen Jux aufgelockert hatte. „Ich verstehe."

„Sehen Sie", fügte Bruno hinzu, „das Gebiet der Psychopathie ist sehr komplex und weitreichend. Versuchen Sie sich also nicht zu sehr darin zu vertiefen, das ist äußerst ungesund. Vergessen Sie die Suche und Ausschau nach potentiellen Merkmalen – außerdem sagen einige, jeder von uns sei ein Psychopath."

„Wer sagt das?"

„Ich."

Wieder musste Lorena unweigerlich lachen.

„Also sehen Sie es locker, liebe Lorena."

„Ich werde es mir merken."

Bruno sah auf ihre Armbanduhr und wandte darauf ihren Blick wieder Lorena zu. „Ziemlich spät, haben Sie noch eine Frage? Ansonsten würde ich das Gespräch gerne verschieben und so langsam Schluss machen, meine Liebe."

„Aber natürlich, wie rücksichtslos von mir!", schrak Lorena auf, als sie ebenfalls auf die Uhr des Monitors blickte. „Sie haben mir mehr gesagt, als erwartet, ich danke Ihnen sehr."

„Keine Ursache. Und wenn Sie etwas brauchen – Sie wissen ja, melden Sie sich einfach, ich bin immer froh, von Ihnen zu hören. Machen Sie es gut!"

„Sie auch!"

Camilla Brunos Gesicht verschwand vom Bildschirm und Lorena blickte nachdenklich durch den Raum. Natürlich wusste sie, dass Bruno mit allem, was sie sagte, recht hatte. Trotzdem könnte sie die Situation niemals locker sehen. Es war nämlich so, dass sie sich nicht bloß mit einem solch dunklen Charakter beschäftigte, sondern sie hatte es sprichwörtlich mit ihm zu tun. Genauer gesagt, hatte es einer jener Psychopathen auf sie abgesehen. Die Lage war also ernst zu nehmen. Sehr ernst. Nichtsdestotrotz wollte sie nun all jene *ungesunden* Gedanken ruhen lassen. Wenigstens für heute. Denn sie fühlte sich ausgelaugt. Niedergeschlagen.

Sie fasste sich an die Stirn und massierte ihre Schläfen. Sie spürte, wie sich Kopfschmerzen anbahnten und das Licht des Monitors sie allmählich zu blenden begann. Obwohl sie völlig erschöpft war, fühlte sie sich innerlich aufgewühlt. *Eine schlechte Mischung*, gestand sie sich ein. Bestimmt würde sie auch heute wieder eine Schlaftablette zu sich nehmen müssen.

So klappte sie das Notebook zu, richtete sich auf und begab sich ins Schlafzimmer.

KAPITEL 9

Tonezza del Cimone, 1. März 1999

Voller Zorn krallten sich seine Finger in der kantigen Rinde des Baumes fest. Er hatte sich bereits einen Fingernagel eingerissen und vor Schmerz ein leises Zischen ausgestoßen. Schon seit Tagen kam er vorbei und beobachtete ihr Haus. Es lag direkt gegenüber vom Waldrand. An dem Reihenhaus führte eine Straße vorbei und stellte somit die Grenzlinie zwischen Wald und Siedlung dar. Er versteckte sich hinter einem der breiten Baumstämme und blickte über die Straße, wodurch er perfekte Sicht auf die Einfahrt und den Vorgarten hatte.

Doch er war umsonst gekommen. Wie er es erwartet hatte, setzte Tamara keinen einzigen Fuß ins Freie. Sie war von der Schule freigestellt worden und auch sonst war es, als sei sie vom Erdboden verschluckt worden. Die Gardinen waren zugezogen, so konnte er sie noch nicht einmal hinter einem der Fenster erspähen. Was er durchlebte, glich einer Folter. So viele Jahre hatte er sie heimlich beobachtet, ihr wunderschönes Antlitz betrachtet. Nun aber war es, als hätte man ihm einen Entzug aufgezwungen. *Ein Fehler,* ein *verdammter Fehler bloß*, dachte er. Schon war alles vorbei gewesen. Endlich hätte er sie für sich haben können. Für immer.

Aber sie war ihm entwischt. Er hatte nicht aufgepasst und sie entkommen lassen. Nachdem sie endlich eins geworden waren. Nachdem er mit ihr die schönste Erfahrung seines Lebens geteilt hatte. Nun aber verbarrikadierte sie sich wie eine Prinzessin in ihrem Schloss und es gab nichts, das er dagegen tun konnte.

Plötzlich öffnete sich die Haustür. Er schärfte seinen Blick. Ein kleines Mädchen kam zum Vorschein. Es konnte nur Lorena sein, wusste er, Tamaras kleine Schwester. Sie hielt einen Stoffbären im Arm, der halb so groß war wie sie selbst. Sie hüpfte eine Stufe hinab und betrat den vernachlässigten Rasen des Vorgartens. Dort schwang sie ihren kleinen Körper auf eine Schaukel, deren Gerüst zwischen wucherndem Unkraut und Sträuchern emporragte. Er vernahm das leise Summen eines Kinderliedes und spürte, wie sein Herzschlag immer schneller wurde. Wunderschönes, seidig-blondes Haar und rosige Wangen, waren das Erste, das er an ihr wahrnahm. Ein liebliches Lächeln und strahlend blaue Augen, in denen er sich zu verlieren drohte, erregten letztlich seine volle Aufmerksamkeit.

Er hatte sie schon öfter gesehen, meistens wenn Tamaras Mutter die beiden gemeinsam von der Schule abgeholt hatte. Doch die Schönheit dieses jungen Mädchens hatte er bislang kaum zu erfassen vermocht. Sein Augenmerk war stets auf Tamara gelenkt. Wie hatten ihm bisher diese enormen Ähnlichkeiten entgehen können? Ihr engelhaftes Antlitz war Tamara wie aus dem Gesicht geschnitten. Eine jede einzelne Linie. Gemeinsam waren sie der Inbegriff von Vollkommenheit. Die Auslese des weiblichen Geschlechts. Ihm war sofort klar: Irgendwann, wenn sie zu einer reifen Frau herangewachsen war, würde sie Tamara in nichts nachstehen. Ihre Anmut wäre grenzenlos und ihre Einzigartigkeit würde herausstechen.

Noch war sie zu jung für ihn, doch dass sich ihr Bild vom heutigen Tage an auf ewig in sein Gedächtnis brennen würde, dessen war er sich sicher. Niemals würde er sie vergessen können und sofern möglich, würde er sie im Auge behalten.

Die Tür schwang auf und Maria stürmte hervor. Sie sah sich besorgt nach ihrer Tochter um. Augenblicklich begab sie sich zu dem Mädchen und ging vor ihr in die Hocke. Sie gestikulierte vor Lorenas Gesicht und ihre Lippen bewegten sich stürmisch. Es war nicht schwer zu erraten, was sie ihrer Tochter soeben sagte. Wahrscheinlich, dass sie niemals ohne Aufsicht das Haus verlassen sollte et cetera. *Die übliche Predigt eben, wie sie momentan im gesamten Dorf kursiert. So ein Schwachsinn.*

Er sah, wie sie Lorena mitsamt ihres Teddybären aus der Schaukel hob und sie an die Hand nahm. Gemeinsam schritten sie über den Rasen, traten über die Schwelle der Eingangstür und verschwanden im Inneren des Hauses.

Mist. Wie es aussah, war ihm gar nichts mehr vergönnt. Dabei hatte er sich für einen kurzen Augenblick wieder unbeschwert gefühlt. All den Ärger vergessen. Durch Lorenas Anblick war gleichzeitig auch Tamaras Bild vor seinen Augen aufgeblitzt und er hatte über Schönheit und weibliche Reize sinnieren können, ohne gleich wieder in Verbitterung auszubrechen. Noch immer verspürte er die Erregung zwischen seinen Beinen.

Was er nun jedoch sah, war ein verlassener Garten und eine leere Schaukel.

Wut bahnte sich in ihm an und er sah, wie ein einsamer Blutstropfen über die Fingerspitze seines rechten Daumens perlte. Ein weiterer Nagel war gebrochen und ein Splitter bohrte sich durch seine Haut. Er zitterte vor Groll und hörte, wie seine Zähne knirschten.

Schritte.

Ein Rascheln.

Er drehte sich um und blickte umher. Durch die Bäume hindurch erkannte er, wie jemand den Waldweg entlangging. Langsam und vorsichtig tastete er sich einige Schritte vorwärts. Es war kaum zu vermeiden, dass es unter seinen Sohlen knackste. Wie er bemerkte, ließ sich die Person davon nicht beirren und spazierte gemächlich weiter. Gekonnt pirschte er sich näher heran, federleicht wie ein Leopard auf Beutezug. Am Rand des Gehweges angekommen, riskierte er schließlich einen Blick. Bedacht spähte er mit einem Auge und hinter dem Stamm einer der umliegenden Rotbuchen hervor.

Sie war vielleicht ein paar Jahre jünger als er, blond und kam direkt auf ihn zu. Ihr Blick war nach unten geneigt und auf das Display ihres Handys gerichtet. Wie er enttäuscht feststellte, hatte sie mit Tamaras und Lorenas Anmut nichts gemein. Dennoch waren da diese blonden Haare. Zusammengeknüpft zu einem Zopf, der sich wie eine Schlange um ihre Schulter schwang. Das unbändige Pochen seines Schwanzes wurde unerträglich.

Augenblicklich versuchte er, sich zu zähmen. In seinen Gedanken sagte er sich, dass es zu früh wäre. Die

Ortschaft war bereits in Aufruhr. Es war noch keine vierzehn Tage her, da hatte er sich Tamara gegriffen, würde er nun erneut zuschlagen, so würde er das Schicksal zu sehr herausfordern. Da könnte er sich doch gleich eine Zielscheibe auf die Stirn malen. *Nein, jetzt ist wahrhaftig der falsche Moment, um unvorsichtig zu werden.*

Da sah sie plötzlich auf und blickte sich mit fragendem Ausdruck um. Hatte sie ihn gehört? Ihn gesehen? Rasch zog er den Kopf ein und machte sich dürre. Das Laub, auf dem er sich bewegte, raschelte und er biss sich erzürnt auf die Lippen.

Er wartete einige Sekunden, dann wagte er einen erneuten Blick. Sie stand da und sah in seine Richtung. Blickte ihm direkt in die Augen. Nun begriff er, dass sie ihn gesehen hatte und wahrscheinlich fragte sie sich, weshalb er im Wald, abseits des Weges herumschlich. Was er tat, musste sehr verdächtig wirken und sie würde sicherlich jedem zu Hause davon erzählen. Und sie hatte recht, er führte tatsächlich etwas im Schilde, jedes Mal, wenn er in die Nähe des Waldes kam.

Er sprang aus seinem Versteck und landete mit seinen Füßen auf dem kieselsteinernen Weg. Er bäumte sich vor ihr auf und sah ihr entgegen. Er spürte, wie sich seine Gedanken verfinsterten und in dem Augenblick erkannte er, dass sie es ihm ansah. Dass er etwas Schlimmes vorhatte. Etwas Böses. Ihre Augen weiteten sich und ihr Ausdruck erstarrte.

Du wolltest es so. Musstest ja unbedingt deinen Hals recken und dich nach mir umsehen. Dein armseliger Blick hilft dir jetzt auch nichts mehr.

KAPITEL 10

Tonezza del Cimone, heute

Tonezza del Cimone war eine kleine Gemeinde, die etwa drei Stunden Autofahrt entfernt östlich von Mailand lag. Domenico bog soeben von der Autobahn ab und fuhr eine endlos scheinende Landstraße entlang. Laut Navigationsgerät würde er sein Ziel in wenigen Minuten erreichen.

Vielleicht tat ihm ein kurzzeitiger Ortswechsel ganz gut. Nach all der Aufregung und den Strapazen, die sein letzter Auftrag nach sich gezogen hatte, würde ihm ein wenig Abwechslung sicherlich nicht schaden. Dennoch war der Grund für seinen Besuch kein Sonntagsspaziergang. Weswegen er hier war, hatte einen ernsten Hintergrund. Denn er musste jemandem helfen. Jemandem, der ihm mittlerweile sehr wichtig war: Lorena.

Sie war in Gefahr und er würde auf keinen Fall zulassen, dass ihr etwas zustieß. Inzwischen war sie nämlich mehr als nur seine Therapeutin. Er achtete sie und hatte sie gern. Sehr gern sogar. Sie war die einzige Person in seinem Leben, die ihn wirklich verstand und die offenbar den Wunsch hegte, ihm zu helfen. Zudem wusste er, wenn jemand seinem psychischen Schmerzen Linderung verschaffen konnte, dann sie. Sie war der einzige Mensch, dem er seine tiefsten Gedanken anvertraute und irgendwie spürte er, dass dieses Vertrauen nicht nur auf beruflicher Basis beruhte.

Ein Schild wies ihm, dass er angekommen war. Aus den Gedanken gerissen, trat er vom Gas seines schwarzen Alfa Romeo Giulia und rollte langsam über die Dorfstraße. Er blickte sich um und betrachtete das ländliche Ambiente.

Vereinzelt zogen einige Reihenhäuser an ihm vorüber, eine Poststelle und ein kleiner Lebensmittelladen. Einige Dorfbewohner standen am Bordstein und unterhielten sich. Schließlich erblickte er am Ende der Straße die sicherheitsumzäunte Polizeikaserne.

Er parkte seinen Wagen vor einem Fleischerladen auf der gegenüberliegenden Straßenseite und begab sich zum Tor. Er läutete und wartete, bis ein elektronisches Geräusch ertönte, worauf sich das Gitter automatisch öffnete. Während er über die Schwelle trat und auf den Eingang zusteuerte, fasste er in die Innentasche seiner Lederjacke. Er hatte in seiner Wohnung noch einen alten Dienstausweis gefunden, den er nach der letzten Erneuerung versäumt hatte zu vernichten. Er zückte ihn hervor und trat in das Gebäude.

Am Empfangsschalter saß eine uniformierte Polizistin. Er trat ihr gegenüber und hielt ihr den Ausweis entgegen.

„Guten Morgen, Dienststelle Mailand – ich müsste mich mit jemandem unterhalten, der mir Auskunft über alte Fälle geben kann.“

„Ich sage dem diensthabenden Beamten Bescheid“, antwortete die Frau und führte gleich darauf ein kurzes Telefonat auf ihrer Sprechanlage. Als sie einhängte, blickte sie erneut zu Domenico auf: „Es wird gleich jemand kommen."

„Danke."

Wie sie sagte, kam kurz darauf ein Beamter hinter einer der Türen im Hintergrund hervor und marschierte auf ihn zu. Wie Domenico auffiel, war der Mann nicht nur jung, sondern sogar sehr jung. Er trug eine Uniform und wies Domenico mit einer Geste hinter die Absperrung. Ohne eine Miene zu verziehen, leistete Domenico Folge und zeigte auch ihm seinen polizeilichen Dienstausweis.

Mit schüchternen Blicken musterte der junge Beamte Domenicos Dokument und stellte sich anschließend vor: „Aus Mailand – aufregendes Pflaster, nicht wahr? Mein Name ist Luca Maggio, nennen Sie mich Luca."

„Domenico Bianco."

Sie schüttelten sich die Hände und der Polizist fragte: „Wie kann ich Ihnen helfen?"

„Ich benötige Informationen über eine alte Ermittlung, es geht dabei um ein vergewaltigtes Mädchen namens Tamara Renga. Das müsste Ende der Neunziger gewesen sein."

Der junge Mann begann unwissentlich mit seinen Fingern zu spielen. „Wird denn der Fall neu aufgerollt?"

„Genau das wollen wir prüfen. Nämlich ob es sich lohnt, ihn neu zu eröffnen."

„Ich verstehe. Na, dann ist es wohl am besten, wir machen uns auf in den Aktenraum. Folgen Sie mir", meinte der junge Polizist und kam Domenico, zu dessen Verwunderung, mit keinerlei Gegenwehr, wie etwa bestimmten Dienstvorschriften.

Domenico folgte ihm einen langen Flur entlang, an dessen Ende sich eine Treppe befand. Während sie die Stufen hinab schritten, erwies sich Maggio als äußerst geschwätzig. „Ich habe von dem Fall gehört. Soll in der Gegend ja für große Furore gesorgt haben. Soweit ich weiß, gab es damals noch ein zweites Opfer. Es wurde tot aufgefunden. Aber ich lag damals noch in den Windeln." In seiner Stimme lag eine gewisse Unruhe, die er offenbar mit allen Mitteln zu überspielen versuchte. Seine redselige Art und geradezu auffällige Zuvorkommenheit wirkte auf Domenico, als wolle sich der Junge um jeden Preis bei ihm sympathisch machen. Womöglich wollte er Pluspunkte sammeln, für den Fall, dass er einmal Rat benötigte, sofern er sich irgendwann in die große Stadt versetzen lassen wollte.

Im unteren Stockwerk zog Maggio ein Schlüsselbund aus seiner Hosentasche und öffnete die Schlösser einer Sicherheitstür. „Da wären wir."

Sie traten in eine Art kleines Archiv und Domenico beobachtete, wie der junge Beamte die nach Buchstaben sortierten Aktenschränke studierte. Er öffnete eines der Schubfächer und kramte nervös darin herum.

„Da haben wir's", verlautete er erleichtert. „Hier ist die Akte. Renga, Tamara, Vergewaltigung, Jahr neunundneunzig."

Er zog die Kartei aus dem Fach und begann mit wissbegierigen Blicken, den Inhalt zu durchforsten. „Hier steht, da das Opfer noch vor einer medizinischen Untersuchung geduscht, sowie intime Zonen einer Reinigung unterzogen hatte, konnten mittels eines Abstrichs keinerlei Proben entnommen werden."

Domenico nickte aufmerksam.

„Das machen Vergewaltigungsopfer recht häufig. Aus Scham“, warf der junge Mann ein und sah Domenico dabei stolzen Hauptes entgegen, „weil sie sich –“

„Schmutzig fühlen. Ich weiß“, schnitt Domenico ihm das Wort ab und ging nicht weiter auf seine Aussage ein. „Wissen Sie, wer damals die Ermittlungen führte?“

Maggio räusperte sich verlegen. „Das war sicher der alte Leone – es gab damals bloß ihn.“ Erneut blickte er in den Ordner, als er kurz darauf mit triumphierendem Ton in seiner Stimme verkündete: „Ja, hier steht es: Der ermittelnde Beamte war Carlo Leone.“

„Wurden Beweismittel sichergestellt?“

„Lassen Sie mich nachsehen“, meinte der Junge und blätterte dabei fieberhaft in der Akte umher. „Wie ich hier lese, konnte die fehlende Unterwäsche des Mädchens am Tatort nicht gefunden werden. Als sichergestellte Kleidungsstücke galten allerdings ein Rock sowie ein Oberteil, welche im Zimmer des Opfers gefunden wurden – allerdings kam der Rock offenbar noch vor einer eingehenden Analyse abhanden.“

„Abhanden?“

Der Beamte sah schamrot auf. „Na ja, er scheint verloren gegangen zu sein. Mehr Details dazu werden leider nicht genannt.“

Domenico bemerkte, wie sich unweigerlich seine Stirnfalten kräuselten. „Sonst noch was?“

„Nein, das ist wohl alles zu dem Fall.“ Der junge Kollege warf noch einmal einen Blick auf die Dokumente und sah schließlich zu Domenico auf. „Darum ergab die Ermittlung damals auch nichts – es gab weder einen Verdächtigen noch sonst was.“

„Und das zweite Mädchen?“

„Dazu gibt's hier einen Vermerk", meinte Maggio und las aus der letzten Zeile des Dokuments: *„Siehe Fall: Fellini."*

Daraufhin schloss er den Ordner, legte ihn zurück und schob ein weiteres Fach auf. Nach einigen Augenblicken zückte er eine neue Akte hervor. Er klappte sie auf und las eifrig daraus vor: „Emanuela Fellini, ebenfalls siebzehn Jahre alt, war zwei Tage als vermisst gemeldet und wurde schließlich tot aufgefunden – ganz in der Nähe des ersten Tatorts. Laut Aktendatum genau eine Woche nach dem Renga-Fall."

Domenico trat näher und blickte auf das Foto, das der Akte mit einer Heftklammer beigefügt war. Der Körper des jungen Mädchens war blutverschmiert und unbekleidet. Er lag auf dem Bauch inmitten von Moos, Sträuchern und verdorrten Ästen. Ihre trockenen, weit offen stehenden Augen starrten ins Leere und der letzte Ausdruck, der sich auf ihrem Gesicht verewigt hatte, war gezeichnet von purer Angst. Auch sie war blond, wie Domenico erkannte. *Blond wie Tamara und Lorena.*

„Wie Sie sehen, war die Leiche nackt. Man stellte acht Messerstiche an ihr fest, verteilt an Kehle und Brustkorb, jeder davon war tödlich. Laut Obduktionsbericht muss die Klinge des Messers mindestens zwölf Zentimeter lang und gezackt gewesen sein. Auch hier gab es keinerlei Spuren am Tatort, weder Fingerabdrücke, noch wurde die Tatwaffe gefunden." Maggio blätterte um und fuhr fort: „Allerdings gab es hier eine Spermaprobe, die ..."

Als der Polizist entgeistert abbrach, sah Domenico ihm ins Gesicht. Für eine Sekunde schien es, als hätte sich ein Schleier aus Verzweiflung über Maggios Miene gelegt. Dann blickte dieser Domenico an und beendete den Satz: „Die leider nicht verwertet werden konnte, da sie Verunreinigungen aufwies.“

Domenico war sprachlos. Was er hier geboten bekam, war in jedem Maße skandalös! Empörung stieg in ihm auf und er biss sich auf die Zähne.

„Ein verschwundenes Kleidungsstück und eine kontaminierte Probe. Echt jetzt?“, meinte er grimmig.

Maggio schien untröstlich und schüttelte vehement seinen Kopf. Anscheinend war er selbst überrascht über die ehemaligen Misswirtschaften des Reviers. „Es tut mir leid. Wie ich erwähnte, war ich damals noch nicht im Dienst. Ich kann Ihnen nur zeigen, was in diesen Dokumenten steht, für deren Inhalt bin ich nicht verantwortlich!“

Domenico wusste, dass der Junge nichts dafür konnte. Er war in seinen Augen vielleicht nicht unbedingt der Hellste, dennoch hatte er nichts mit den Ermittlungen von damals zu schaffen.

„Schon gut“, beschwichtigte Domenico schließlich und fasste sich nachdenklich ans Kinn. Nach einigen Augenblicken sagte er mit bestimmten Ton: „Wo finde ich diesen Leone? Mit dem werde ich mich unterhalten müssen.“

Wieder ein wenig besänftigt, blickte Maggio auf. „Soviel ich weiß, wohnt er seit seiner Pension in einer Hütte am Waldrand. Sie können es nicht verfehlen. Fahren Sie einfach bis zum Ende der Straße, dann kommt eine Abzweigung, die in die Wälder führt. Es ist das erste Haus, gleich auf der rechten Seite.“

„Danke. Ich finde alleine raus.“

Augenblicklich wandte sich Domenico um und schritt dem Ausgang des Raumes entgegen. An der Schwelle hielt er inne und drehte sich noch mal zu Maggio um. Dieser blickte ihm verzagt entgegen. Domenico sah im eindringlich in die Augen und sagte: „Versprechen Sie mir nur eines: Wenn Sie selbst mal eine derartige Ermittlung führen müssen, dann machen Sie es besser."

Die beiden hielten noch mehrere Momente lang Augenkontakt, worauf Maggio schließlich reumütig nickte und somit das Versprechen besiegelte. In seinen Augen erkannte Domenico, dass es der junge Mann ernst meinte. Dann wandte er sich um und verschwand hinter dem Türrahmen.

***

Während der Fahrt kreisten Domenicos Gedanken wie wild in seinem Kopf. Ebenso wie eine Vielzahl an Emotionen – Wut war auch dabei. Der Rock und die Spermaprobe wären die entscheidenden Beweise gewesen, um die Untersuchungen voranzutreiben.

Kein Wunder, dass der Täter nie geschnappt wurde, dachte Domenico grimmig. Was diese ehemaligen Ermittlungen anging, handelte es sich seiner Ansicht nach eindeutig um Schlamperei. Doch niemand konnte dermaßen inkompetent sein. Es sei denn, man wollte etwas verschleiern. Der pure Gedanke daran ließ ihn beinahe würgen. Nach all den Bösewichten, Perversen, Terroristen und Kriminellen kam an nächster Stelle nur eines, was er beinahe ebenso hasste, nämlich korrupte Gesetzeshüter. Es ging ihm dabei weniger um Beamte, die bei einer Razzia den ein oder anderen Geldschein einsteckten. Nein, es ging um Polizisten, die absichtlich Triebtäter und ähnlichen Abschaum davonkommen ließen und zwar aus purem Eigennutz. Aus persönlichem Vorteil, gegen Bezahlung, um jemanden zu schützen oder auch einfach bloß aus Faulheit, sprich Inkompetenz. Das Resultat davon waren Missstände, wie in den Fällen Renga und Fellini. Opfern und Hinterbliebenen blieb dadurch keine andere Wahl, als hinzunehmen, dass es für sie in dieser Welt keine Gerechtigkeit gab. Denn wenn ihnen das Gesetz nicht zu Hilfe kam, wer dann?

Umstände wie diese ließen Domenicos Halsschlagader augenblicklich anschwellen, immer wieder wenn er darüber nachdachte. Natürlich war ihm bewusst, dass es bei jeder Ermittlung zu unglücklichen Zufällen kommen konnte, ohne dass irgendjemand absichtlich einen Fehler gemacht hatte. In diesen beiden Fällen allerdings glaubte er nicht daran.

Die Fehltritte bei diesen beiden Fällen waren zu auffällig. Es war einfach zu offensichtlich, dass genau jene zwei Beweise verschwanden oder nicht verwertet werden konnten, welche eindeutig zum Täter geführt hätten, oder wenigstens zu einem Verdächtigen. Dennoch war man mit jener schlampigen Arbeitsweise durchgekommen, ohne dass jemand etwas dagegen unternommen hatte. Die Taten waren in einem winzigen Dorf verübt worden und der einstige Verantwortliche des örtlichen Kleinreviers hatte alle Fäden in der Hand. Niemand sah ihm über die Schulter. In einer Großstadt wären derartige Diskrepanzen längst publik geworden.

Domenico erblickte aus der Ferne die umzäunte Waldhütte. Er schüttelte seine Gedanken ab und ließ seinen Alfa langsam über den steinernen Weg rollen. Dann bog er in die Einfahrt des Grundstücks und stellte den Motor ab. Als er ausstieg, blickte er sich um. Die hohen Bäume, meist Pinien und Zypressen, des ringsum liegenden Waldes warfen Schatten in jede Ecke und es roch nach Kiefern und Nadeln.

Als er das Haus betrachtete, kam es ihm so vor, als glich es einer alten Fischerhütte. Die Holzpfeiler waren morsch, das Dach baufällig und die Fenster trüb. Davor stand ein rostiger Geländewagen.

Die Haustür öffnete sich und ein älterer Mann trat eilig auf die Veranda. Er trug ein ausgebleichtes Sonnencap, einen militärgrünen Einteiler und in seinen Händen hielt er eine Angelausrüstung. Er war stämmig gebaut und schien für sein Rentneralter in ausgezeichneter körperlicher Verfassung zu sein. Anscheinend war er soeben im Begriff, einen Angelausflug zu unternehmen. Abrupt hielt er jedoch inne und starrte Domenico fragend an.

Wieder zückte Domenico den Ausweis hervor und achtete darauf, sich bei der Auskunft über seine Person so allgemein wie möglich auszudrücken. Würde sein Gegenüber misstrauisch und zur Erkenntnis gelangen, dass er lediglich ein beurlaubter Polizist ohne jegliche Befugnisse war, hätte er keinerlei Kooperation zu erwarten. „Carlo Leone? Ich komme von der Dienststelle Mailand. Ich müsste mich kurz mit Ihnen unterhalten."

Während Domenico auf Leone zutrat, warf dieser einen Blick auf das Dokument und erwiderte mit schroffem Ton: „Was wollen Sie?"

„Könnten wir drinnen weitersprechen?"

Der Mann sah ihm einige Augenblicke lang mürrisch entgegen, als er schließlich die Angelrute beiseitelegte und Domenico die Tür aufhielt. „Na, dann treten Sie mal ein."

Domenico schritt über die Schwelle und stand in einer großen Küche. Die Möbel waren abgebraucht und ein modriger Geruch lag in der Luft. Das Geschirr in der Spüle war überflochten von eingetrockneten Essensresten. In jedem Winkel der Küche hatte sich ein Spinnennetz ausgebreitet – auch zwischen den Beinen des alten Tischs, der sich zusammen mit zwei klapprigen Stühlen in der Mitte des Raumes befand.

Leone setzte sich und wies Domenico an, gegenüber Platz zu nehmen.

„Dann schießen Sie mal los", meinte Leone und lehnte sich nach hinten.

„Es geht um Tamara Renga und Emanuela Fellini", entgegnete Domenico mit emotionsloser Stimme und beobachtete augenblicklich ein leichtes Zucken in Leones Augen.

Der alte Mann starrte Domenico eine Zeit lang ausdruckslos an, letztlich erwiderte er: „Und weiter?"

Domenico fuhr sich mit der Zunge langsam über die Zähne, wobei ihm ein willkürliches Schmatzen entglitt. „Wissen Sie was?", sagte er in lockerem Ton. „Ich bin niemand, der lange um den heißen Brei herum redet, darum sage ich es jetzt einfach mal gerade heraus: Was ich in den Ermittlungsakten dieser beiden Fälle vorfand, war absoluter Bullshit. Ich frage mich, wie man so eine dilettantische Arbeit zustande bringt."

Ein Schweigen entstand. Leones Blick wurde schärfer, wobei sich seine Lider auf eine feindselige Art zusammenkniffen, sodass lediglich zwei Schlitze zu erkennen waren. „Dummerweise ging ein Kleidungsstück verloren – dass kann jedem mal passieren. Und im Fall Fellini wurde die Spermaprobe leider durch eine unsachgemäße Entnahme kontaminiert."

„Oder Sie haben sie auf dem Weg ins Labor selbst verunreinigt", konterte Domenico blitzschnell.

„Wollen Sie damit etwa sagen, ich hätte die Ermittlungen wissentlich boykottiert?", zischte Leone und presste dabei die Zähne aufeinander.

„Ja, genau das will ich damit sagen." Domenico versuchte ihn absichtlich in die Enge zu treiben – womöglich verriet sich Leone in der Aufregung, dazu war lediglich ein kleiner Versprecher nötig. „Sie können kaum bestreiten, dass es sich um denselben Täter handelt. Wenn Sie also den ersten Fall vermasseln, so ist das *eine* Sache. Verbocken Sie aber auch noch Ihre zweite Chance, so ist das für meinen Geschmack ein Zufall zu viel." Dann klatschte Domenico plötzlich seine Handflächen auf die Tischplatte und beugte sich vor. „Kommen sie schon, legen wir die Karten doch auf den Tisch – wer hat sie bezahlt und wie viel haben Sie bekommen?"

Mit einem Ruck richtete sich Carlo Leone auf, sodass es den Stuhl, auf dem er saß, nach hinten katapultierte. „Was denken Sie sich überhaupt?", seine Stimme war laut und er völlig außer sich. „Sofern Sie keine offizielle Ermittlung führen oder einen Haftbefehl vorweisen können, scheren Sie sich gefälligst aus meinem Haus! Das Gespräch ist beendet!"

Domenico erhob sich und begab sich lockeren Gemüts zur Tür. Ohne sich dabei umzudrehen, sagte er: „Ich werde diesen Eklat den Behörden melden, worauf beide Fälle wieder aufgenommen werden. Was Sie getan haben, wird schlussendlich ans Tageslicht kommen. Wie ich das sehe, verbringen Sie den Rest Ihrer Pension im Gefängnis."

„Ich habe mich dreißig Jahre lang in dem Job abgeschuftet!", erklang Leones aufgebrachte Stimme aus dem Hintergrund.

„Ach was, die paar Strafzettel die du ausgestellt hast", gab Domenico gelassen zurück und ging weiter. Plötzlich vernahm er ein kurzes, metallisches Klacken. Er hielt inne. Domenico kannte das Geräusch nur zu gut. Mit einem unguten Gefühl wandte er sich um.

Wie er es erwartet hatte, hielt Leone einen Revolver in der Hand und zielte auf ihn. Domenico vermochte es, den überspannten Druck, der in der Luft lag, beinahe auf der Haut zu spüren. Er war überrascht, mit einem solchen Ausgang der Situation hatte selbst er nicht gerechnet. Womöglich hatte Leone geahnt, dass der Tag irgendwann kommen würde und hatte sich vorbereitet. Seines Erachtens war das Verhör beendet. Er hatte die Schuld bereits in seinen Augen gesehen und das hatte ihm als Beweis gereicht. Doch Leone ging offensichtlich aufs Ganze.

Langsam erhob er seine Hände, worauf Leone ihm entgegen wütete: „Denkst du wirklich, ich lasse es zu, dass mich in dem Alter noch jemand in den Knast steckt? Niemals!"

Ohne darauf einzugehen, richtete Domenico seinen Blick auf Leones Waffe. „Ein alter Revolver. Das ist sicher nicht deine ehemalige Dienstwaffe, nicht wahr? Wahrscheinlich nicht registriert. Ich schließe daraus, dass auf der Liste deiner Verfehlungen nun wohl auch noch kaltblütiger Mord hinzukommt. Richtig?"

„Nicht, wenn man keine Leiche findet", meinte Leone und sprach dabei langsam und eindringlich.

„Nicht schlecht", erwiderte Domenico und näherte sich Leone dabei in kleinen, kaum wahrnehmbaren Schritten. Dieser nickte kurz und nahm das Kompliment dankend entgegen. Schließlich trat Leone hinter dem Tisch hervor, worauf sich beide dicht gegenüberstanden.

Langsam spreizte Domenico seine erhobenen Arme und hielt einen Augenblick lang inne. Plötzlich, ehe sein Gegenspieler auch nur blinzeln konnte, hatte Domenico ihn bereits mittels einer schnellen Geste der Waffe entledigt. Als Leone noch verdutzt dem davonfliegenden Revolver hinterher sah, versetzte Domenico ihm einen blitzschnellen Fausthieb mitten ins Gesicht. Währenddessen war das Scheppern der auf den Boden landenden Schusswaffe zu vernehmen.

Mit einem lauten, schmerzerfüllten Schrei taumelte Domenicos Kontrahent nach hinten an die gefliese Küchenwand und fasste sich mit zitternden Händen an die Nase. Blut ergoss sich aus seinen Nasenhöhlen und rann zwischen seinen Fingern hindurch. Er blickte Domenico hasserfüllt entgegen. „Du verdammter Scheißkerl!" Augenblicklich stürmte Leone wie ein wildgewordener Stier los. Domenico versuchte abzuwehren, konnte jedoch nichts gegen seinen Widersacher ausrichten, denn der war größer und kräftiger als er. Und so war es, als prallten mehrere Tonnen Blei auf ihn ein. Domenico stürzte nach hinten, schlug mit dem Rücken gegen die Mauer und sank zu Boden. Sein Gegenspieler bäumte sich über ihm auf, packte ihn am Kragen und presste ihn mit dem Rücken an die Wand.

Domenico spürte, wie sich eine von Leones Händen an einem Haarbüschel vergriff und seinen Schädel schließlich mehrfach seitlich gegen die Mauerfliesen schlug. Sofort fühlte er, wie seine rechte Stirnhälfte langsam von einem Schwall warmen Blutes überströmt wurde.

Domenico sammelte seine letzten Reserven, worauf es ihm gelang, seinen Rivalen von sich zu stoßen. Leones Gegenangriff ließ allerdings nicht lange auf sich warten und er holte zum Schlag aus. Domenico reagierte blitzartig, konnte die Attacke erfolgreich abwehren und dem störrischen Kerl einen Hieb auf die Nase verpassen. Gleich darauf geriet Leone ins Wanken, stürzte vornüber gegen den Küchentisch und ging zu Boden.

Kurz darauf erfüllte eine eisige Stille den Raum. Domenico verschnaufte kurz, dann griff er sich den regungslos am Boden liegenden Körper des Mannes und zerrte ihn zur Kochnische.

„Sowas nennt man Bedrohung mit 'ner Waffe und tätlichen Angriff – das gibt gleich noch ein paar Jahre mehr!", fauchte Domenico und spürte dabei, wie das Adrenalin in seinen Adern pochte. Im Anschluss hievte er Leone mit einem Ruck hoch, stemmte sich gegen ihn und drückte seinen Körper somit mit der Brust voran gegen die Anrichte. Leones Kopf baumelte über dem Kochfeld, sodass sich der Rand der Arbeitsplatte gegen seinen Kehlkopf presste.

Sich über ihn beugend, konnte Domenico beobachten, wie Leone langsam wieder zu sich kam. Benommen versuchte dieser mit den Fäusten rückwärts auszuschlagen, vergebens jedoch. Da lehnte sich Domenico gegen Leones Nacken, worauf der Rand der Küchenplatte dessen Hals quetschte. Nachdem Leone eine Zeit lang Atem ringend keuchte, verringerte Domenico den Druck. Dann beugte er sich zu ihm und zischte ihm ins Ohr: „Sag mir jetzt, wer dich bezahlt hat!"

„Vergiss es", röchelte der Gepeinigte.

„Anscheinend bist du schwer von Begriff", knurrte Domenico und stützte sich ein weiteres Mal, jetzt mit noch mehr Gewicht, gegen Leones Genick. Nach Luft schnappend, wand sich dieser hin und her.

„Wer?", brüllte Domenico ungeduldig. Blut tropfte ihm über die Augenbraue ins rechte Auge, worauf sein Augenlid zu zucken begann. „Sag schon! Sprich's dir endlich von der Seele!"

Leones Widerstand gab nach, er versuchte fieberhaft zu sprechen, worauf Domenico von ihm abließ.

„Er garantierte, dass es aufhören würde!", winselte der Alte gequält. „Das hat er gesagt – ehrlich! Aber dann wurde noch ein Mädchen überfallen!"

„Du meinst Emanuela Fellini?"

„Ja. Da hat er mir erneut Geld angeboten!" Leones Stimme klang beinahe, als würde er heulen. „Ich musste eine Scheidung bezahlen, hatte Alimente zu begleichen und war hoch verschuldet! Ich brauchte das Geld."

„Wer war es, der dir das Geld angeboten hat?“

„Ich habe immer bloß mit so ’nem zugeknöpften Kerl gesprochen – anscheinend der Anwalt irgend so eines reichen Geschäftsmannes, der seinen Sohn schützen wollte!“

„Wie hieß er?“

„Glaubst du etwa, solche Typen stellen sich per Name vor?“, brüllte Leone plötzlich ungeduldig. „Ich habe keine Ahnung, wer er war! Alles was ich weiß ist, dass er mir versicherte, er habe seinen Klienten davon überzeugt, mit seiner Familie weit wegzuziehen! Also habe ich zum zweiten Mal getan, was er verlangte! Und wie’s aussieht, hat er Wort gehalten – danach ist nie wieder etwas Derartiges passiert.“

„Hattest du einen Verdacht, wer sein Auftraggeber sein könnte?“

„Nicht im Geringsten! Hier in diesem Nest gab’s nie eine reiche Familie. Wahrscheinlich lebten sie in einer der Nachbargemeinden oder in einer der umliegenden Regionen – *der besseren Gegend*, wie man so schön sagt. Außerdem war damit die Sache für mich gegessen!“

Domenico schüttelte verächtlich seinen Kopf. Das Smartphone vibrierte in seiner Hosentasche, was er jedoch ignorierte. Stattdessen schrie er: „Wo ist Tamaras Rock? Hast du ihn versteckt oder vergraben – was ist damit geschehen?“

„Ich hab das Scheißding verbrannt!“

Domenico schwieg und hielt ihn noch einige Augenblicke lang fest, dann stieß er ihn zur Seite. „Du solltest dich vor dir selbst ekeln.“ Domenico konnte die Verachtung und den Zorn im Ton seiner Stimme kaum verbergen. Er blickte auf den alten Mann herab und beobachtete, wie dieser schmerzwindend in eine Ecke des Raumes kroch und sich dort erschöpft gegen die Wand lehnte. Sein Gesicht zeugte von Scham und wirkte beinahe reumütig, doch Domenico glaubte nicht daran.

Domenico ging zur offenen Tür, dort wandte er sich um und blickte Leone nochmals entgegen. „Du bist ein beschissener Polizist und eine pure Enttäuschung für unser Rechtssystem. Viel Glück im Knast. Dort wirst du nämlich mit genau solchen Typen zusammenleben wie dem, welchen du hast laufen lassen."

Dann verließ Domenico das Haus, stieg die Stufen der Veranda hinab und schritt auf seinen Wagen zu. Er öffnete die Tür seines Alfas. Plötzlich – ein lauter Knall. Er kam aus dem Inneren der Hütte, hallte nach draußen. Domenico zuckte kurz zusammen und wusste im selben Augenblick, dass es ein Schuss gewesen war. Wie es aussah, hatte Carlo Leone soeben seine weiteren Wege verkürzt und somit den Gefängnisaufenthalt übersprungen.

Als sich Domenico in den Wagen setzte, schloss er sein Telefon an die Sprechanlage und sah auf das Display. Der Anruf, den er erhalten hatte, war von Lorena. Er klickte auf *Rückruf* und startete den Motor. Während er rückwärts auf den kieselsteinernen Waldweg einbog, ertönte das Freizeichen. Er legte den ersten Gang ein und machte sich auf den Weg zurück in die kleine Ortschaft.

„Doktor Renga am Apparat", erklang es aus dem Lautsprecher.

„Ich bin's!", erwiderte er, als ihm plötzlich erneut Blut über die Stirn floss. „Verflixt noch mal!"

„Domenico? Was ist los? Ist etwas passiert?"

Mit seiner freien Hand zog er aus dem Handschuhfach eine Packung Taschentücher und wischte sich das Blut aus seinem Gesicht. Mittels eines Blicks in den Rückspiegel vergewisserte er sich, dass er auch jeden Blutstropfen beseitigt hatte. „Ach nichts, ich hatte bloß 'ne kleine Rangelei."

„Sind Sie verletzt?" Lorenas Stimme klang besorgt.

„Es geht ..."

„Was soll das heißen? Was ist geschehen?", wollte sie sofort wissen.

„Sie werden's mir nicht glauben. Anscheinend wurden die Untersuchungen vom damaligen Ermittler absichtlich sabotiert! Zwar ergab ein Abstrich Ihrer Schwester keine Ergebnisse, doch das Kleidungsstück, das sie zur Tatzeit getragen hatte, wurde sichergestellt. Darauf hätte man möglicherweise Spuren oder die DNA des Täters feststellen können. Allerdings hat der Beamte das Kleidungsstück verschwinden lassen. Auch hat er es geschafft, eine Spermaprobe aus dem zweiten Fall auf dem Weg ins Labor zu verunreinigen. Daher gab es in beiden Fällen auch nie ein Weiterkommen!"

„Das darf doch nicht wahr sein!"

Domenico konnte sich bildhaft vorstellen, dass sich am anderen Ende der Leitung soeben ein zermürbter Ausdruck auf Lorenas Gesicht abzeichnen musste.

„Tja, so war es aber. Bezahlt wurde er vom Laufburschen irgendeines reichen Kerls, der die Taten seines Sohnes verschleiern wollte. Das miese Bullenschwein hat alles gestanden – dann hat er sich umgebracht."

„Was?“ Lorena schien fassungslos. „Das haben Sie doch sicher gemeldet?“

„Nein, muss ich nicht. Man weiß zwar, dass ich ihn besucht habe, dummerweise hat sich der Penner aber erst erschossen, als ich die Ortschaft bereits verlassen habe – woher soll ich also von seinem Tod wissen? Sie verstehen?“, meinte Domenico mit ironischem Unterton.

Einige Momente lang kam Stille aus der Leitung, schließlich antwortete Lorena: „Ja.“

„Sobald man ihn findet, werde ich zwar zu einer Aussage gerufen, man wird auch feststellen, dass es einen Kampf gab, trotzdem werden die Untersuchungen ergeben, dass es ein zweifelsfreier Selbstmord war – naja, sofern die anständig arbeiten. Bis dahin ist es allerdings besser, wenn ich weiter recherchiere, wir haben keine Zeit zu verlieren.“

„Denken Sie, sie werden dadurch Probleme bekommen?“

„Na wenn schon.“

Wieder war es einige Sekunden lang still.

„Na schön – wenn Sie das sagen.“, erwiderte Lorena letztlich.

„Ich werde mich jetzt wieder in die Gemeinde begeben und sehen, was ich noch rausfinden kann. – Und da wäre noch was. Den Brief habe ich heute Morgen bereits auf Abdrücke untersucht. Da waren Ihre und die des Portiers, ansonsten Fehlanzeige. Aber das war zu erwarten, lassen Sie sich davon nicht entmutigen. Ich bringe Ihnen den Umschlag beim nächsten Mal vorbei, damit Sie ihn später den Behörden übergeben können.“

„Alles klar.“

„Gut. Ich melde mich wieder."

Lorena saß am Wohnzimmertisch ihres Appartements und ließ ihr Telefon benommen auf das Sofa sinken. Sie konnte kaum glauben, was sie da soeben gehört hatte. Zudem war sie sich in diesem Augenblick sicherer denn je, mit Domenico die richtige Wahl getroffen zu haben. Wie sehr er sich in die Angelegenheit reinhängte, fand sie bemerkenswert. Dafür würde sie ihm beim nächsten Treffen ein Kompliment aussprechen, gelobte sie sich.

Endlich ergab alles einen Sinn. Endlich wusste sie, weshalb bisher noch nicht einmal in einem der beiden Fälle ein Verdächtiger zutage gekommen war. Nämlich, weil der Mann, der damals zu ihnen nach Hause gekommen war, der Mann, dem Tamara den schmerzhaften Tathergang geschildert hatte, die Untersuchungen von Anfang an sabotiert hatte. *Dieses Schwein,* durchfuhr es Lorena, wobei sie im selben Moment ein eigenartiges Gefühl überkam. Es war nicht Freude oder Genugtuung. Doch als sie soeben über seinen Tod nachdachte, verspürte sie eine Art Erleichterung in sich aufsteigen. Denn auch er war verantwortlich gewesen. Tamara hatte auf ihn vertraut, ihn in das schlimmste ihrer Erlebnisse eingeweiht.

Und letztlich hatte er sie verraten.

Wie konnte er nur? Hat er denn nicht den Schmerz in ihren Augen gesehen? Das Leid, das sich seit dem Moment des Überfalls wie ein Parasit auf ewig in ihrem Innersten festgesetzt hatte? In Lorenas Augen hatte er Tamara nicht bloß verraten, sondern er war ein Mittäter, der jahrelang davongekommen war. Hätte sie nicht soeben von seinem Selbstmord gehört, so hätte er mit gesetzmäßigen Konsequenzen rechnen müssen, dafür hätte sie gesorgt.

Schließlich atmete sie konzentriert aus und versuchte sich wieder zu fangen.

Einer weniger. Das war alles, was ihr dazu durch den Kopf ging.

KAPITEL 11

Wieder im Dorfzentrum angelangt, rollte Domenicos Wagen die leere Straße entlang. Wie schon zuvor, gab es nicht viel zu sehen. Einige wenige Fußgänger, die aus einem Gebäude traten und im nächsten wieder verschwanden und ein streunender Mischlingshund, der in den Gassen seiner Wege ging.

Dank aktuellster Technik konnte man im Normalfall sämtliche Personen lokalisieren, Zuwanderer und Auswanderer ausfindig machen und somit sämtliche Verdächtige ausschließen. Allerdings hatte Domenico keinen Namen und wusste noch nicht einmal genau, welches Gebiet er in Augenschein nehmen sollte. Dies erschwerte seine Untersuchung natürlich enorm. Im Grunde brachte es seine Recherchen sogar an einen Nullpunkt.

Umliegende Ortschaften, angrenzende Regionen, das alles waren Hinweise, mit denen er so gut wie nicht anfangen konnte. Was ihn dazu zwang, den Fall auf die altmodische Art anzugehen. Nämlich Befragungen durchzuführen und jeden noch so kleinen Hinweis weiterzuverfolgen. Doch auch wenn er seine Ermittlungen auf diese Weise fortführen würde, musste er sich eingestehen, dass er kaum Optionen hatte.

Eine Möglichkeit gab es aber noch. Die Chance auf Erfolg war zwar sehr gering, doch er musste es wenigstens versuchen.

So stoppte er am Straßenrand, fuhr das Seitenfenster hinab und sprach einen der Passanten an. „Bitte entschuldigen Sie die Störung. Gibt es hier vielleicht irgendwo eine Übernachtungsmöglichkeit?"

Der ältere Herr wandte sich Domenico zu und trat näher. „Hier gibt's seit eh und je bloß den alten Franco, der vermietet einige Zimmer. Gleich hier um die Ecke", antwortete der Mann hilfsbereit und deutete dabei mit seinem Finger in eine Seitenstraße.

„Sehr freundlich, ich danke Ihnen vielmals. Einen schönen Abend wünsche ich noch."

„Ebenfalls, junger Mann!"

Domenico hatte nicht vor, in Tonezza del Cimone zu übernachten, doch möglicherweise hatte der Unbekannte, von dem Leone ihm erzählte, vor zwanzig Jahren eine Nacht hier verbracht, was der Grund dafür war, weshalb auf Domenicos Befragungsliste sämtliche Absteigequartiere an erster Stelle standen.

Er fuhr weiter und schlug in die genannte Straße ein. Als gleich erblickte er einige Gebäude weiter eine alte Pension mit der Aufschrift *Francos*. Es war eine altbürgerliche Herberge, die auf den ersten Blick recht einladend wirkte. Sie war etwas für Menschen die auf der Durchreise waren, oder für jene, welche einige Tage das hiesige Landschaftsbild genießen wollten.

Er stellte den Alfa in der Einfahrt ab und begab sich zum Eingang. Er trat ein, betätigte die Klingel am leeren Empfang und sah sich um. Die Pension war ausgestattet in althölzernen, heimischen Ambiente und wirkte von innen verlockender als von außen.

Domenico wartete einige Minuten und klingelte ein weiteres Mal. Aus einer Tür hinter dem Empfangspodest watschelte schließlich ein alter, beinahe buckliger Mann. Er war klein und hatte kaum noch Haar.

„Wie kann ich Ihnen helfen?", fragte der offensichtliche Besitzer erwartungsvoll.

Erneut zog Domenico seinen Dienstausweis hervor. „Polizei Mailand. Hätten Sie etwas dagegen, wenn ich Ihnen einige Fragen stelle?"

„Polizei? Ach herrje ... ist etwas nicht in Ordnung, bin ich in Schwierigkeiten?", fragte der Mann, wobei Domenico erkannte, wie dessen Kinn leicht zu zittern begann.

„Keine Sorge, es ist alles gut", beruhigte Domenico. „Im Grunde führe ich eine Ermittlung durch und ich dachte, Sie könnten mir womöglich dabei helfen."

Der alte Herr schien erleichtert und erwiderte: „Na, wenn das so ist, stehe ich Ihnen natürlich gern zur Verfügung. Worum geht es denn bitte?"

„Es ist viele Jahre her, ich weiß, aber vielleicht erinnern Sie sich noch an das vergewaltigte Mädchen und den kurz darauf geschehenen Mord?"

„Oh ja, ich erinnere mich noch gut daran. Wie könnte ich das je vergessen? Diese armen Mädchen ...", stammelte der Mann gedankenvertieft.

„Und nun meine Frage – vielleicht ist sie auch unverschämt, schließlich sind inzwischen viele Jahre vergangen –"

„Nein, nein, fragen Sie ruhig!“, unterbrach der Besitzer.

„Vielen Dank. Nun, ich hätte gerne gewusst, ob zu der Zeit jemand bei Ihnen übernachtet hat? Eine Einzelperson, ein Mann. Oder vielleicht erinnern Sie sich auch, ob jemand Auswertiges kurzeitig in der Gegend war?“

Der Mann sah nachdenklich auf und weitete augenblicklich seine Augen, als wäre ihm soeben der Einfall des Jahres gekommen. „Ja, da war tatsächlich jemand! Nicht genau zu der Zeit der Vorfälle, aber immer kurz danach – beide Male. Ich weiß es deshalb noch so genau, weil hier sonst nur ältere Ehepaare durchkommen.“

Domenico durchfuhr sofort ein unermessliches Gefühl der Erleichterung und des Erfolgs. Trotz allem war es keine Überraschung für ihn, dass der Fremde hier seine Nächtigungen getätigt hatte, zumal es weit und breit nur *Francos* gab, lag jene Möglichkeit natürlich nahe. „Haben Sie das damals jemandem erzählt, der Polizei zum Beispiel?“

Die Stirn des Mannes wurde kraus. „Nein, es hat mich keiner danach gefragt. Und da der Mann nie genau zum Zeitpunkt der Geschehnisse hier war, stand es für mich auch in keinem Zusammenhang. Hätte ich etwas anderes geglaubt, so hätte ich es persönlich gemeldet, das können Sie mir glauben.“

Domenico erkannte den hilflosen Ausdruck im Gesicht des alten Herrn und beschwichtigte ihn augenblicklich. „Aber natürlich glaube ich Ihnen das.“ Er machte eine kleine Pause und gab dem Mann etwas Zeit, dann fragte er: „Wissen Sie vielleicht noch, wie der Mann hieß, oder wie er aussah?“

Der Eigentümer verzog seine Miene und schüttelte verzagt den Kopf. „Es tut mir sehr leid, ich könnte Ihnen nicht einmal mehr seine Haarfarbe nennen, es ist zwanzig Jahre her. Alles, was ich noch weiß, ist, dass er stets einen dunklen Anzug getragen hat und wahrscheinlich mittleren Alters war.“

„Machen Sie sich keine Gedanken“, beruhigte Domenico den hilfsbereiten Herrn, „ich verstehe das. Ich bin Ihnen schon dankbar für jede Kleinigkeit, die Ihnen einfällt. Hat der Mann denn bei Ihnen eingecheckt?“

„Ja, das hat er, beide Male.“

„Haben Sie vielleicht noch Unterlagen aus der Zeit? Könnte sein Name vielleicht in einem Ihrer Bücher stehen?“

„Das würde er sicher, aber leider entsorge ich alle zehn Jahre sämtliche Unterlagen. Ich bin sehr penibel, was das angeht. Zusätzlich gibt's jedes Jahr einen kompletten Frühjahrsputz und alle paar Jahre wird entrümpelt. In einem Haushalt kommt mit den Jahren so viel zusammen, das glaubt man gar nicht – da muss man reagieren. Bitte entschuldigen Sie vielmals.“ Der Ausdruck des Mannes schien beinahe verzweifelt und Domenico bewunderte seinen Sinn für Reinlichkeit.

„Nicht doch, in zwanzig Jahren passiert schon so einiges. Sie waren mir trotzdem eine sehr große Hilfe, danke dafür.“

„Aber natürlich, ich helfe immer gerne.“
Darauf reichte Domenico ihm die Hand und wollte sich soeben umdrehen, als der alte Mann plötzlich aufrief: „Warten Sie, eine Sache ist mir gerade eingefallen!“
Augenblicklich sah Domenico noch einmal zurück.

„Ich weiß noch, woher er kam. Ich habe damals die Daten seines Ausweises notiert. Es fällt mir darum wieder ein, weil ich mich darüber wunderte, dass sich jemand aus seiner Gegend auf den Weg in unsere kleine Gemeinde macht. Er war aus Tregnago."

„Tregnago? Und da sind Sie sich sicher?"

„Absolut", bestätigte der Mann.

„Sie haben mich soeben ein riesiges Stück weitergebracht!"

KAPITEL 12

Tregnago lag auf Domenicos Rückweg, war aber dennoch eine Fahrtstunde entfernt von Tonezza del Cimone und weitere zwei Stunden von Mailand. Bis er da sein würde, wäre es bereits dunkel. Außerdem wollte er schleunigst unter die Dusche, sich den Tag vom Leib waschen und seine Wunde versorgen. Er würde sich gleich morgen auf den Weg machen. Heute jedoch wollte er nichts anderes mehr als nach Hause. So hatte er sich gleich nach dem Besuch bei *Francos* in den Wagen gesetzt und den Heimatweg eingeschlagen.

Er betrat erschöpft seine Wohnung und legte die Schlüssel auf der Eingangskommode ab, gleich neben dem Briefumschlag. Er hatte ihn bereitgelegt gemeinsam mit einigen anderen Dingen, die er Lorena bei ihrem nächsten Zusammentreffen mitbringen würde. Er war in einer Klarsichttüte verstaut und übersät von Rückständen eines dunklen Pulvers, auf welchem sich etliche Fingerabdrücke abzeichneten.

Stundenlange Autofahrten, intensive Recherchen und ein handgreifliches Verhör hatten Domenico ziemlich geschafft. Sofort legte er seine Klamotten ab und duschte. Hinterher reinigte er am Badezimmerspiegel mit Watte und Desinfektionsmittel seine koagulierende Wunde.

Bekleidet in lockeren Leinenhosen und T-Shirt stand er im Wohnzimmer und starrte nachdenklich ins Leere. Der Raum war dunkel und von draußen schien das trübe Licht der Straßenlaternen ins Innere. Plötzlich fasste er einen Entschluss und begab sich an die Kommode. Er griff nach den Hausschlüsseln und trat nach draußen in das Treppenhaus. Von dort aus stieg er die Stufen hinab ins Kellergeschoss.

Er schloss auf, betrat den Kellerraum, der zu seinem Appartement gehörte und blickte sich um. Es roch muffig und feucht. Am Boden standen zahlreiche Kartons; sie waren mit Klebeband verschlossen und hatten bereits Staub angesammelt. Jeder war mit einer handgeschriebenen Notiz gekennzeichnet. Auf einem von ihnen stand das Wort *Mutter.*

Zögernd kniete er sich hin und zog das Klebeband ab. Sowie er die Deckelklappen auffaltete, vernahm er den Geruch nach alter Heimat. Sofort überkam ihn ein melancholisches Gefühl. Er blickte auf die Gegenstände hinab und konnte den Duft ihres Zimmers riechen. Für einen Moment war es, als wäre er wieder in der Vergangenheit. Als stünde er im Schlafzimmer seiner Mutter. Heimlich, während ihrer Abwesenheit. Plötzlich kamen all die Erinnerungen hoch und ihr Gesicht blitzte vor seinen Augen auf.

Sie hatte nie gewollt, dass er sich alleine in ihrem Zimmer aufhielt und vielleicht hatte er es genau deshalb so oft getan. Weil er es nicht durfte. Trotzdem hatte er nie etwas angefasst, dafür hatte er zu großen Respekt vor ihr. Doch nun war nichts mehr da, von dem, was einmal ihr gehörte. Weder das Bett, noch der Schrank oder ihre persönlichen Gegenstände. Auch würde den Raum mittlerweile jemand anders bewohnen. Jemand, der das Zimmer wahrscheinlich neu gestrichen hatte. Jemand, der noch nie etwas von ihr gehört hatte und somit noch nicht einmal etwas von ihrer Existenz wusste. Alles was von ihr übrig war, befand sich in diesem kleinen Behältnis, das da vor ihm stand. Und sollte auch er selbst irgendwann nicht mehr sein, so würde dieser Karton, gemeinsam mit seinen Habseligkeiten, von irgendjemandem entsorgt werden. Jemand, der dann auch *seine* Wohnung neu streichen und keine Millisekunde an den Vormieter verschwenden würde. Und dann wäre nichts mehr da. Endgültig. So als hätte es sie beide niemals gegeben.

Wie Domenico so darüber nachdachte, stieg Betrübnis in ihm auf. Augenblicklich erinnerte er sich an ein Zitat, wie es *Al Pacino* in einem seiner Filme darbot: *Man stirbt immer zweimal. Das erste Mal physisch. Und das zweite Mal, wenn irgendwann der letzte Mensch, der dich gekannt hat, zum letzten Mal deinen Namen ausspricht.*

Ein Schauer überkam ihn. *Wie trostlos*, dachte er. Schließlich schüttelte er seine Gedanken ab und griff nach einem der Objekte. Es war ein kleiner Kalender mit einem religiösen Spruch für jeden Tag. Darunter kam die gemeinsame Fotografie von ihnen zum Vorschein. Er legte den Kalender zurück, kramte einige Gegenstände beiseite und nahm den Bilderrahmen in die Hand. Er betrachtete die darauf abgebildeten Gesichter. Sie waren ausdruckslos. Erst auf den zweiten Blick war ein kaum wahrnehmbares Lächeln zu erkennen, welches die Mienen auf dem Foto zierte. *War meine Kindheit wirklich derart lieblos gewesen? So dermaßen ernst?* Er hatte bis zum Gespräch mit Lorena niemals wirklich darüber nachgedacht. Es war nun mal seine Kindheit gewesen und sie war eben so, wie sie war. Er hatte damals nicht wissen können, dass es auch anders hätte sein können, oder möglicherweise hätte sein sollen. Er kannte den Unterschied nicht. Für ihn waren diese Jahre sein Leben und er dachte, dieses Leben wäre Standard. Dass es ganz normal war.

Die Pappe auf der Rückseite schien locker und wackelte. Es musste wohl während des Umzugs passiert sein, vermutete er. Er drehte das Bild um und erkannte eine Ausbuchtung. Die Rückwand war aufgeklebt und hatte sich gelöst. Er schüttelte das Ding für einen Moment, worauf der Pappdeckel mitsamt Fotografie und Glas aus dem Rahmen fiel. Doch das war nicht alles. Zwischen Pappe und Foto lag noch etwas anderes am Boden. Er schob das Bild zur Seite und sah ein kleines Briefkuvert. Mit zögernden Händen griff er danach und öffnete es. Wie er sah, befand sich ein Brief darin. Er nahm ihn heraus und faltete ihn auf.

Er begann zu lesen. Wort für Wort, langsam und aufmerksam. Als ihn plötzlich ein ungewolltes Zittern überkam. Dann spürte er, wie sich seine Augen mit Tränen füllten und sein Puls in die Höhe schoss.

Um Gottes willen, durchfuhr es ihn, während es sich anfühlte, als würden Hitze und Kälte zugleich auf seinen Körper einprasseln.

Gott nein, bitte lass das nicht wahr sein!

KAPITEL 13

„Bitte darf ich zu Ihnen kommen? Bitte! Ich habe etwas gefunden. Darf ich mit Ihnen sprechen, bitte!" Domenicos Stimme klang verzweifelt und weinerlich. Noch nie hatte Lorena ihn so erlebt und sofort verstand sie, dass das, worum es ging, nichts mit ihrem Fall zu tun hatte.

„Ja, natürlich! Ich sage dem Portier Bescheid", antwortete sie in das Telefon und hörte, wie er bereits einhängte.

Noch nie hatte sie jemanden mitten in der Nacht zu sich kommen lassen. Doch sie spürte, dass es dringend war. Dass er sie brauchte und zwar auf der Stelle.

Einige Minuten nachdem sie aufgelegt hatte, war er bereits bei ihr. Er musste während des Telefonats schon auf dem Weg gewesen sein. Sie hatte ihn durch den Praxiseingang kommen lassen, worauf er sich sofort auf die schwarze Ledercouch setzte. Nach vorne gebeugt, stützten seine Arme sich auf den Knien ab, während er sein Gesicht unter den Händen vergrub. Der in einen Beutel gepackte Umschlag mit Fingerabdrücken lag neben ihm, ein offenes Schreiben war ebenfalls dabei.

Während sie ihn besorgt musterte, ließ sie sich gegenüber langsam auf dem Sessel nieder.

„Was ist passiert?", fragte sie vorsichtig und leise. Sie wartete geduldig, doch er reagierte nicht. Da neigte sie sich vor und berührte ihn leicht an der Schulter. „Domenico, was ist los?"

„Lesen Sie den Brief", murmelte er unter seinen Händen hervor und schluchzte dabei mehrmals.

Was ist bloß geschehen?, fragte sie sich, als sie nach dem beschriebenen Blatt Papier griff. Was konnte einen Mann wie Domenico nur derart aus der Fassung bringen, dass er nun wie ein niedergedrücktes Häufchen Elend vor ihr saß?

Sie klappte den Brief auf und erkannte augenblicklich die Handschrift einer Frau – sie kannte den Unterschied, denn kein Mann verwendete eine solch saubere Schrift mit rund geschwungenen Buchstaben. Und als sie zu lesen begann, wusste sie auch sofort, von wem die Nachricht war.

Lieber Domenico,

mein lieber, lieber Junge. Ich weiß nicht, wie alt du bist, wenn du diesen Brief liest und ich weiß auch gar nicht so genau, warum ich ihn überhaupt schreibe. Vielleicht, um mein Gewissen etwas zu erleichtern, aber vor allem, um mir etwas von der Seele zu nehmen.
Jetzt bist du acht Jahre alt und es ist Muttertag. Du hast mir heute etwas gebastelt und es mir mit freudiger Miene geschenkt. Es war ein Strauß selbst gefalteter Papierblumen. Du hast sogar jede einzelne der Blüten mit einer anderen Farbe bemalt. Aber wie so oft habe ich dich nicht genug dafür gelobt. Dein erwartungsvoller Bick wandelte sich in Enttäuschung. Man hat es kaum sehen können, du hast es dir, wie immer, nicht anmerken lassen. Aber ich habe es gespürt.

So vieles tut mir hinterher oft leid, mein lieber Domenico. Trotzdem werde ich mich auch weiterhin nicht dafür entschuldigen, denn ich werde keine Schwäche zeigen. Das kann und darf ich nicht.

Du wirst dich oft gefragt haben, warum ich stets so streng und hart mit dir war. Aber vielleicht auch nicht. Trotz allem muss ich dir nun etwas sagen. Etwas, das ich dir niemals persönlich werde sagen können. Vielleicht wird dir anschließend so einiges klar. Für das, worüber ich berichten werde, gibt es keine Art und Weise, um es schonungsvoll auszudrücken – also rücke ich nun einfach kurz und schmerzlos damit raus: Als ich damals mit dir schwanger wurde, bin ich kurz davor von einem Mann vergewaltigt worden. Ich werde dir nicht sagen, wann, ich werde dir nicht sagen, wo. Ich werde dir gar nichts sagen – genauso, wie ich dir auch bisher niemals etwas über deinen Erzeuger erzählt habe. Denn du sollst deine Zeit nicht mit solchen Gedanken verschwenden. Sie nicht aufopfern, um jemandem hinterherzujagen, der es nicht verdient. Ich möchte das alles hinter mir lassen. Außerdem ist all das ganz allein meine Sache.

Nur eines sollst du wissen: Ich werde dich nicht zu dem Monster werden lassen, das er gewesen ist. Niemals! Das schwöre ich bei meinem Blut. Du wirst ein guter Mensch werden, so wahr mir Gott helfe. Ich werde alles daransetzen und mich nicht beirren lassen.

Vielleicht mache ich einen Fehler damit, doch ich erziehe dich laut meinen Überzeugungen. Trotzdem gibt es etwas, das ich dir hiermit mitteilen möchte. Nämlich, dass ich dich liebe. Auch wenn ich es dir nie sage, so schreibe ich es dir nun.

Bleibe bitte auf dem rechten Weg, mein Junge.

Deine Mutter

Lorena schluckte. Sie fühlte sich ergriffen und erschüttert zugleich. Sie hörte, wie er schluchzte und sah zu ihm auf. Sein Anblick brach ihr beinahe das Herz.

„Dann entstamme ich also genau dem, was ich am meisten hasse ... dem, wogegen ich bereits mein ganzes Leben lang kämpfe ...", wimmerte seine gebrochene Stimme zwischen seinen Fingern hindurch.

Sie legte das Papier beiseite und ließ sich langsam von ihrem Sessel auf den Boden hinabgleiten. Vorsichtig schob sie sich einige Zentimeter über das Parkett, bis sie direkt vor ihm war und blickte zu ihm auf. Behutsam fasste sie an sein Haar und streichelte es. Sie wusste, dass sie in genau diesem Moment all ihre Vorsätze über Bord warf, doch ihr Mitgefühl überkam sie wie ein Blitz. Sie wusste nicht warum, aber sie konnte es kaum ertragen, ihn in solch einem Zustand zu sehen.

„Es tut mir so leid", flüsterte sie ihm zu, „so unendlich leid ...", und jedes einzelne Wort davon, war ihr voller Ernst.

Dieser starke Mann, dachte Lorena, *dieser unheimlich starke Mann, körperlich wie geistig.* Doch nun saß er hier vor ihr, mit seinen breiten, muskulösen Schultern, war jedoch völlig gebrochen und sah aus wie ein kleiner, todtrauriger Junge. Der Anblick war die blanke Ironie. Aber sie verstand seine Situation und fühlte mit jeder Faser ihres Seins mit ihm. Seine Qualen taten ihr beinahe selbst weh.

Sie wartete. Gab ihm Zeit, sich auszuweinen. Zeit, seinem Jahre andauernden Kummer Ausdruck zu verleihen. All die seelische Schwere endlich loszuwerden. Schließlich sagte sie mit feinfühliger Stimme: „So etwas Ähnliches habe ich bereits befürchtet. Und ich bedauere, dass sich dieser Verdacht nun bewahrheitet hat.“

Hinter seinen Händen kamen plötzlich wässrige Augen zum Vorschein und blickten ihr schwermütig entgegen. „Wie konnten Sie das wissen?“

„Ich sagte, ich hätte es befürchtet, nicht dass ich mir sicher war. Doch es sprachen einige Anzeichen dafür“, antwortete sie ruhig und geduldig. „Ich habe bereits einige Frauen wie Ihre Mutter betreut.“

Niedergedrückt nickte er und sah ihr dabei in die Augen, da fügte sie hinzu: „Und Sie sind nicht wie *er*. Haben Sie das verstanden? *Sie sind nicht wie er*.“ Den letzten Satz betonte sie mit Nachdruck.

Seine Miene drückte jedoch Missmut aus und er blickte nervös umher. „Aber ich fühle diese immense Wut. Andauernd. Gegen all die Ungerechtigkeit, gegen all die Perversion. Sie war schwer zu ertragen, doch all die Jahre dachte ich, sie wäre mein Ansporn … nun jedoch verspüre ich diese Aggression womöglich nur, weil ich selbst von so einem Schwein abstamme. Hab ich diese Wut etwa von ihm? Liegt es in meinem Blut?“

Augenblicklich umklammerten ihre Hände sein Gesicht, wodurch sie ihn zwang, sie anzuschauen. Dann sprach sie inständig auf ihn ein. „Nein, du verspürst diese Wut, weil *sie* diese in dir ausgelöst hat. Weil sie dir diese Bürde auferlegt hat. Die Bürde, gegen all diese Missstände zu kämpfen. Und zum anderen, weil sie dachte, sie müsste dich von Anfang an gegen deine inneren Dämonen ankämpfen lassen. Dabei wusste sie nicht, dass das gar nicht nötig gewesen wäre. Denn wir sind unsere Erfahrungen, unser Umfeld, unsere Vergangenheit! Und das Wichtigste: Wir sind das, was wir sein *wollen*. Und ich weiß ganz genau, dass du ein guter Mensch bist. Und es fällt dir noch nicht mal besonders schwer."

Sie sah ihn einige Momente eindringlich an und fügte dann hinzu: „Doch nun musst du diese Wut nicht mehr spüren. Du kannst sie loslassen. Bekanntlich ist es so, dass, sobald wir die Ursache unseres inneren Konflikts gefunden haben, wir somit endlich die Möglichkeit haben, unseren Frieden damit zu schließen. Genau dafür bist du in diese Therapie gekommen. Und ich werde dir dabei helfen, wir werden diesen Schritt gemeinsam angehen. Es wird alles gut, glaub mir."

Eine weitere Träne perlte über seine Wange und er sagte: „Sie tut mir so leid …"

„Ich weiß, sie hatte ein schweres Schicksal. Aber du kannst jetzt nichts mehr für sie tun. Das Einzige, das du machen kannst, ist, ihr zu verzeihen und dein Leben zu leben."

Noch immer war ihm die Verbitterung ins Gesicht geschrieben. „Manchmal hat sie mich gehasst. Ich weiß es, sie hielt mich für die Brut des Bösen, es muss so gewesen sein …"

„Niemals. Glaub mir – niemals. Sie war in deiner Erziehung bloß übervorsichtig, weil sie befangen war. Weil sie eine traumatisierte Frau war und nicht wusste, wie sie mit all dem umgehen sollte. Darum konnte sie es dir nicht zeigen, doch sie hat dich geliebt. Sonst hätte sie es dir in diesem Brief niemals sagen können." Ihre Finger umschlangen noch immer seine Wangen und erneut zwang sie ihn, ihr in Augen zu blicken.

„Und ich tue es auch", fügte sie hinzu, dann zog sie ihn zu sich heran und küsste ihn.

Als sie gleich darauf wieder zurückwich, sah er ihr verwirrt entgegen. Sie fühlte augenblicklich, wie sich Verlegenheit in ihr ausbreitete und sie konnte förmlich spüren, wie sie rot anlief. Ihre Gedanken kreisten. Wie sie feststellte, wusste sie selbst nicht genau, was sie soeben geritten hatte. Sie wusste bloß, dass das Verlangen ihn zu küssen, sie plötzlich überkommen hatte und dass der Drang weiterzumachen, größer war, als die Intention aufzuhören. Und so tat sie es noch einmal, worauf er ihren Kuss schließlich erwiderte. Mit kreisender Zunge drang sie tief in seinen Mund ein und presste ihn noch enger an sich. In diesem Augenblick wurde ihr bewusst, dass sie all die Zeit über auf diesen einen Moment gewartet hatte. Nämlich ihn zu spüren, ihn endlich zu küssen und ihn in ihren Armen zu wissen. Was nun geschah, hatte sie weder geplant noch erwartet, dennoch fühlte es sich richtig an.

Ohne dass er es in solch einem Ausmaß geahnt hätte, überwältigte in diesem Moment eine Flut an Gefühlen Domenicos Innerstes. Denn nun hatte er alles, wonach er sich je gesehnt hatte. Zuneigung. Sie war ihm seit jeher verwehrt gewesen. Sie war ihm vorenthalten worden. Und dabei hätte er sie so sehr gewollt und gebraucht. Doch durch Lorena war diese verwehrte Liebe nun endlich spürbar. Sie glaubte an ihn. Trotz der neuen, schockierenden Erkenntnisse, gab sie ihn nicht auf. Er dachte an ihre Worte, dass jeder seines Lebens eigener Konstrukteur wäre. Und er glaubte ihr – er wollte ihr glauben. Sie musste es schließlich wissen, sie war eine intelligente Frau und wusste, wovon sie sprach. Sie hatte sich den psychologischen Aspekten des Menschseins verschrieben. Er vertraute ihr und sie vertraute vollends auf ihn, was ihm ein sicheres Gefühl verlieh. Das Gefühl frei zu sein. Dass er der sein konnte, der er sein wollte. Lorena war alles, was er brauchte. Sie gab ihm Kraft. Kraft, die ihm noch nie zuvor jemand auf diese Weise gegeben hatte. Durch sie fühlte er sich nicht mehr einsam und die Zuneigung, die sie ihm entgegenbrachte, war echt. Nicht wie jene, wofür er oftmals bezahlt hatte. *Ihre* Nähe war real. So küsste er sie erneut mit aller Leidenschaft, derer er fähig war. Anschließend sah er ihr tief in die Augen und sie blickte ihm ebenso innig entgegen.

Indes durchfuhr Lorena eine Welle an Emotionen, wie sie es seit Ewigkeiten nicht erfahren hatte. Sie liebte es, wie Domenico sie in diesem Moment ansah und sein Blick sie förmlich zu durchdringen schien. Sie liebte die Sinnlichkeit, die sie dabei in seinen Augen erkannte. Und sie liebte es, wie vorsichtig er mit ihr umging. Wie zart er sie berührte und sich dabei kaum traute, sie anzufassen. Sie fand es süß und hatte kein Problem damit, die Führung zu übernehmen. Denn nun wollte sie alles. Jetzt, hier und auf der Stelle. So erhob sie sich stürmisch und setzte sich auf ihn. Sie ließ ihre Finger über seine steinerne Brust gleiten und spürte, wie diese sich mit jeder seiner Bewegungen anspannte. Dann befreite sie ihn aus seinem T-Shirt und öffnete eilig seinen Gürtel, während sie immer wieder Küsse auf seinem Gesicht verteilte. Zeitgleich knöpfte er ihre Bluse auf und half ihr, diese abzustreifen. Brennend vor Leidenschaft schlüpfte sie aus ihrem Büstenhalter und spürte, wie Domenico mit seinen Händen ihre Brüste umfasste. Seine Berührungen waren zärtlich und sanft. Mit seiner Zungenspitze umkreiste er ihre Brustwarzen und sendete damit erregende Impulse an ihren gesamten Körper. Aus tiefster Kehle entglitt Lorena ein Seufzen, worauf sie sich auf ihre Unterlippe biss.

Sie hatte sich schon so lange nicht mehr sexuell betätigt und genoss den Augenblick mehr denn je. Sie spürte ein heftiges Pochen in ihrer Brust und glühende Hitze sprudelte heißblütig durch sämtliche ihrer Körperregionen. Mit ihrer Hand glitt sie unter seine Boxershorts und umklammerte seinen Penis. Er war steif und angeschwollen und sie spürte, wie dessen Venen zwischen ihren schmalen Fingern pulsierten. Da zog sie ihren engen Rock nach oben, streifte ihren Slip beiseite und führte ihn an ihre feuchte Stelle. Als er in sie glitt, stieß sie einen hemmungslosen Laut aus. Ruckartig zog sie ihn erneut zu sich und drang mit ihrer Zunge noch tiefer in seinen Mund, während ihr gesamter Leib zuckte und bebte. Während er geschmeidig in sie glitt, verspürte sie kribbelnde Reibung in sich. Gleich darauf war es, als würde sich eine längst überlastete Spannung in ihr entladen, worauf ein intensives Prickeln über ihren gesamten Leib wanderte.

Mit sanften Hüftbewegungen stieß sie zu und fühlte, wie es ihr zunehmend schwerer fiel zu atmen. Erregt stöhnte sie, während sie sich weiterbewegte. Schneller und energischer. Plötzlich schossen elektrisierende Impulse wie Blitze durch ihre Körper. Sie stöhnte, sie schrie und plötzlich bündelten sich all ihre Regungen zu einem Höhepunkt, während auch Domenico zuckte und einen erleichterten Laut ausstieß.

Als das überwältigende Gefühl allmählich nachließ, war es, als wären sie einem Rauschzustand verfallen. Schließlich erschlafften ihre Körper und sie rangen gemeinsam nach Luft.

Ruhe kehrte ein, während sich ihre zitternden Körper erholten. Allmählich wurde die Luft dünner und die Hitze verflog. Als sie dann wieder einigermaßen zu Atem kamen, legte Lorena die Arme um ihn, drückte ihn eng an sich und genoss das befreiende Gefühl. Sie fühlte sich leicht, beinahe schwebend. Dann schloss sie die Augen und ließ sich von seinen starken Armen umschlingen, in der Hoffnung, der Moment würde niemals enden.

KAPITEL 14

Es war später Vormittag und helles Sonnenlicht legte sich allmählich über Domenicos geschlossene Lider. Als er seine Augen öffnete, fand er Lorena in seinen Armen. Sie lag vor ihm, ihre beiden Gesichter zum Fenster gerichtet.

Mit sanften Berührungen streichelte er ihren Arm, von der Schulter bis zum Handgelenk. Während er über ihre zarte Haut strich, spürte er die warmen Wölbungen ihres Fleischs. Er roch den Duft ihres Körpers und plötzlich wurde ihm bewusst, wie sehr er sie wollte. Ihm wurde klar, dass er sie liebte. Er liebte ihr Lächeln, er liebte ihre Klugheit und er liebte ihren Körper – er liebte alles an ihr. Und er würde ihr alles geben. Alles, was sie wollte und wie viel sie wollte. Dieses Mal fühlte es sich nämlich anders an. Anders als bei all jenen, die in seinem Leben gekommen und gegangen waren. Es fühlte sich an, wie etwas Neues. Ein neuer Abschnitt.

Als sie erwachte, zog sie ihre Nase kraus und streckte sich. Anschließend blickte sie mit verschlafenen Augen zum Fenster. Sie döste noch ein wenig vor sich hin, dann wandte sie sich um und sah ihm in die Augen. Sie lächelte verstohlen und ihr Anblick wirkte zufrieden, so als hätte sie sich von allen Sorgen losgelöst.

„Habe ich gestern Nacht wirklich mit meiner Therapeutin geschlafen – und das auch noch auf der Couch in ihrer Praxis?", fragte er und sie presste ihre Lippen aneinander und antwortete mit einem lockeren „Mhhm".

Er wollte noch etwas sagen. Da legte sie ihm blitzschnell den Finger auf den Mund und blickte ihn ungerührt an. „Eines möchte ich allerdings gleich klarstellen: Sobald ich bemerke, dass du mich als liebevollen Mutterersatz verwendest, werde ich dich sofort darauf aufmerksam machen. Alles klar? Ich meine es ernst."

Er sah sie an. „Okay, Mama, äh, ich meine Lorena – nein, nun wäre doch eher *Schatz* angebracht, oder?", sagte er und sie tätschelte ihm mit einem Lächeln die Brust.

„Ach, du Blödmann!" Dann richtete sie sich auf und sammelte ihre Klamotten ein.

„Hast du denn heute keine Termine?"

„Erst am Nachmittag."

Er nickte, dann fasste er an ihren Arm und zog sie erneut zu sich heran. Er drückte ihr einen leidenschaftlichen Kuss auf und sie erwiderte ihn.

„Du kannst hier duschen und dich frisch machen, wenn du möchtest", sagte sie und schloss dabei den Klettverschluss ihres BHs.

„Das ist gut. Ich wäre nämlich nur ungern noch mal zu Hause vorbeigefahren. Denn ich muss heute nach Tregnago und es ist schon reichlich spät für eine solch lange Fahrt."

Sie straffte ihren Rock und begab sich barfuß in Richtung der Wohnungstür. „Ich weiß. Möchtest du einen Kaffee? Ich kann uns inzwischen einen machen."

„Ja, gern."

Er erhob sich aus dem Sofa, griff nach T-Shirt und Hose, die am Boden lagen und folgte ihr. Im Appartementflur zeigte sie im Vorbeigehen auf eine Tür. „Da ist das Badezimmer."

„Klasse." Er trat ein, schloss die Tür hinter sich und legte seine Sachen auf dem Wäschetrockner ab. Dann schob er die Kabine auf, griff ins Innere und öffnete die Duschbrause. Während er wartete, bis das Wasser heiß wurde, blickte er sich um. Auf einem Marmorregal unter dem Spiegel entdeckte er zwei Ringe und den goldenen Armreif, den sie stets trug.

Er nahm ihn in die Hand und betrachtete ihn. Er war schlicht und ohne jegliche Raffinessen wie etwa glitzernde Steine. Auf der Innenseite waren Lorenas Initialen eingraviert. Vielleicht einst ein Geschenk ihrer Mutter, spekulierte er.

Schließlich spürte er den heißen Dampf, der hinter seinem Rücken emporstieg. Da legte er den Armreif wieder zurück und stieg in die Duschkabine.

KAPITEL 15

Ungeduldig hielt er Ausschau und spürte dabei, wie seine Augen allmählich trocken wurden, weshalb er unentwegt blinzeln musste. Während er gereizt wartete, kamen ihm alle möglichen Gedanken. Darunter auch unangenehme Erinnerungen aus seiner Jugendzeit. Erinnerungen an Paulo, seinen Vater.

Wie gut, dass der alte Dreckskerl längst unter der Erde ist, blitzte es in ihm auf, immer wieder wenn er an ihn dachte. Seine Gedanken kreisten um den Moment, als er von ihm ins Unternehmen gerufen worden war. Kurz nachdem man die Leiche von Emanuela Fellini gefunden hatte.

„Was hast du dir dabei gedacht? Soll ich ein Leben lang hinter dir aufräumen, du kleiner Bastard? Taugenichts! Wenn du noch mal so etwas Abartiges veranstaltest, dann Gnade dir Gott! Deine Mutter würde sich im Grab umdrehen!", hatte Paulo aus Leibeskräften gebrüllt.

„Sprich nicht über Mutter! Deinetwegen ist sie nicht mehr da!"

Paulo wurde rot vor Wut. „Was? Sie hat nicht ertragen können, dass sie einen kleinen Irren zur Welt gebracht hat! Und was du da getan hast, ist der Beweis dafür! Und jetzt geh mir aus dem Weg, ich muss unseren Anwalt anrufen – schon wieder!" Im Anschluss hatte ihm sein Vater den Rücken gekehrt und aufgebracht den Raum verlassen.

Wäre Tamara mir doch bloß nicht entkommen, schalt er sich unentwegt, während er alleine und gedemütigt in dem großen Büro zurückblieb. Er hätte sie versteckt und man hätte den Tatort, ihre Kleidung und sie selbst niemals gefunden. Da sie ihm jedoch entwischt war, hatte er seinem Vater gestehen müssen, was er getan hatte. Untätig zu sein und abzuwarten, hätte ihn höchstwahrscheinlich Kopf und Kragen gekostet. Ob er wollte oder nicht, in kritischen Situationen war ein skrupelloser Geschäftsmann wie Paulo noch immer der beste Ansprechpartner gewesen. Dennoch hatte er damit etwas losgetreten, das nie wieder rückgängig zu machen war.

Zwar hatte Paulo ihn immer schon wie den letzten Dreck behandelt, ihm seine narzisstischen Lebensweisheiten aufgedrängt und ihm stets vorgeschrieben, wie er sein Leben zu gestalten hatte. Doch von da an war selbst jener winzige Funke an Respekt, den er seinem Sohn gegenüber verspürte, versiegt. Für immer.

Als man schließlich das tote Fellini-Mädchen gefunden hatte, wusste Paulo sofort Bescheid, hatte ihn ins Firmengebäude bestellt und ihm eine Standpauke gehalten. Er hatte es seinem Vater noch nicht einmal gestehen müssen.

Er war gerade neunzehn Jahre alt gewesen. Er wusste, dass er nun von der hiesigen Hochschule genommen würde und sie höchstwahrscheinlich umziehen müssten. Im Grunde war es ihm nicht schwer gefallen, er hatte sowieso keine Freunde und Tamara war auch nicht mehr. *Wozu also die Aufregung?*

Plötzlich wurden seine Gedanken unterbrochen. Im Geiste schob er die Bilder seines Vaters, von Tamara und Emanuela Fellini beiseite. Wieder im Hier und Jetzt angekommen, schärfte er angestrengt seinen Blick. Denn die zahllosen Stunden, die er mit Warten verbracht hatte, lieferten nun endlich ein erstes Ergebnis. Er wischte sich eine Schweißperle vom Gesicht und ballte die Fäuste. Was er soeben sah, war nämlich äußerst unerfreulich. Wie er es erwartet hatte, bewahrheiteten sich in diesem Augenblick seine schlimmsten Befürchtungen. Auch letzte Nacht hatte er sämtliche Aktivitäten rund um Lorenas Appartement in Augenschein genommen. Wie er aber zu seinem Entsetzen hatte feststellen müssen, war sie nicht allein gewesen. Da war dieser Mann, er hatte ihn schon mal gesehen. Er war kurz vor Mitternacht aufgetaucht. Obgleich er stundenlang ausgeharrt hatte, war der Kerl nicht wieder aus ihrer Wohnung gekommen. *Was war da los?*

Empörung hatte sich in ihm festgesetzt und eine Träne war ihm über die Wange geglitten. *Wie konnte sie nur?* War sie ihm etwa fremdgegangen?

Wohl oder übel führte er seine Beobachtungen weiter. Die Nacht zog vorüber, ebenso wie der Morgen und der gesamte Vormittag, doch sein Wille war steinern und seine Ausdauer grenzenlos. Nun war es Mittagszeit und der Typ trat eben erst wieder aus ihrem Appartement. Seelenruhig spazierte er aus dem Gebäude und stieg in einen schwarzen Sportwagen.

Dabei hatte er so sehr gewünscht, sich getäuscht zu haben. Dass er ihn bloß verpasst hätte und nicht bemerkt, wie der Mann sie nach seinem Eintreffen bereits nach zehn Minuten wieder verließ.

Lorena, Lorena ... was mache ich nur mit dir? Die Vorstellung, sie hätte sich einem anderen hingegeben, widerte ihn an. Die Bilder, wie sie hemmungslos übereinander herfielen, wollte er sich gar nicht erst ausmalen. Der bloße Gedanke daran war ekelhaft.

Was sie getan hatte, war völlig inakzeptabel. Er hatte Pläne mit ihr. Hatte sich auf ihre gemeinsame Zeit so unbändig gefreut. Aber nun war sie besudelt. Besudelt von *ihm* und seinem Geruch. *Dies würde eine harte Strafe ahnden.*

Natürlich würde sie es durch nichts in der Welt schaffen, dass sich seine Gefühle ihr gegenüber je änderten, das war ihm vollends klar. Trotzdem durfte er sie nicht ungeschoren davonkommen lassen – jede Tat hatte seinen Preis und sobald sie in seinen Fängen wäre, schwor er sich, würde sie diesen Preis bezahlen.

Hinterher wäre sie wieder reingewaschen und ihr Ansehen in seinen Augen wäre zumindest halbwegs wieder hergestellt.

Zu Hause angekommen, schlug er erbost die Tür hinter sich zu. Unverzüglich riss er sich seine Klamotten vom Leib und setzte sich geradewegs an seinen Rechner. Bis sie endlich bei ihm wäre, müsste er eben notgedrungen improvisieren.

Zum wiederholten Male öffnete er den Link zur Galerie ihrer Homepage. Dabei teilte er den Bildschirm und scrollte sich zugleich durch Lorenas Instagram-Account. Geschwind wählte er seine Lieblingsfotografien und zappte zwischen ihnen umher. Mit festem Griff umklammerte er seinen unlängst erhärteten Schwanz und begann ihn zu reiben. Grob und hart. Sein Gesicht glühte und errötete, während seine Halsschlagader sich pochend unter seiner Haut abzeichnete.

Ja, ich werde dich befreien mein Liebling, sagte er sich, während er sie im Geiste für ihre Unzucht bestrafte.

KAPITEL 16

Domenico hatte Mailand bereits verlassen und war soeben in die Autobahn eingebogen, als sein Mobiltelefon klingelte. Die Nummer, die das Display anzeigte, war ihm unbekannt. Er betätigte die Fernsprechanlage. „Bianco hier."

„Herr Bianco, hier spricht Anna Vivaldi von der Staatsanwaltschaft. Hätten Sie vielleicht eine Minute für mich?"

Domenico schluckte und hielt für einige Sekunden unwissentlich den Atem an. „Natürlich, wie kann ich Ihnen helfen, Frau Vivaldi?"

„Wir haben in Ihrer Sache ein einschlägiges Urteil gefällt und falls möglich, wäre ich Ihnen sehr verbunden, wenn Sie in mein Büro kommen könnten."

Domenico schwieg. Obgleich er heiß ersehnt auf eine Entscheidung gewartet hatte, überrumpelte ihn Vivaldis Anruf dennoch.

„Und, bin ich meinen Job los?", fragte er geradeheraus.

Einige Augenblicke war es ruhig in der anderen Leitung. Schließlich antwortete Vivaldi: „Nun, solche Angelegenheiten bespreche ich gerne persönlich und nicht am Telefon." Ihre Stimme klang bar jeder Emotion. „Ich habe zwar noch einen Termin, aber wenn Sie es schaffen, innerhalb der nächsten zwanzig Minuten hier zu sein, warte ich auf Sie. Es wird ein kurzes Gespräch, das verspreche ich Ihnen."

Wie es aussah, blieb Domenico nichts anderes übrig, als auf ihr Angebot einzugehen. „In Ordnung, ich komme."

„Gut, dann sehen wir uns gleich."

Er hörte, wie sie auflegte und nutzte sofort die nächste Ausfahrt, um sich wieder zurück in die Stadt zu begeben.

Ein kurzes Gespräch, dachte er, *was hat das nun wieder zu bedeuten?* Seines Erachtens konnte damit alles Mögliche gemeint sein. Das Ergebnis der Untersuchung konnte also positiv als auch negativ ausgefallen sein, womit jegliche Spekulationen wenig Raum erlaubte.

So atmete er tief durch und trat aufs Gas.

***

Vivaldis Büro stand offen und Domenico spähte zögernd durch den Türrahmen. Sie saß an ihrem Schreibtisch und tippte mit flinken Fingern einen Bericht ab. Als sie ihn erblickte, wandte sie sich vom Bildschirm ab und begrüßte ihn mit ihrem üblichen leeren Ausdruck. „Kommen Sie rein."

Domenico trat über die Schwelle und setzte sich ihr gegenüber auf einen Bürosessel. Sie schob die Tastatur beiseite, sah ihn an und verschränkte die Arme.

Verunsichert blickte Domenico durch den Raum, als sie schließlich mit trockenem Ton zu sprechen begann: „Herr Bianco, wie Sie wissen, fand eine Untersuchung zum Schusswechsel des sechsten April statt, an dem

Sie", sie blickte kurz auf einen Schriftzug, der direkt vor ihr lag und sah dann wieder zu ihm auf, „sowie Pepe Montolli und zwei weitere Männer beteiligt waren. Dabei kamen die genannten drei Personen ums Leben, wobei vierzehn Kinder im Alter zwischen sechs und zehn Jahren in äußerst verwahrlostem Zustand aufgefunden wurden. Wie vom Primar des hiesigen Hospitals gemeldet wurde, befanden sich zwei von ihnen in einem bereits schwerwiegend dehydrierten Gesundheitszustand. Anschließend wurde aufgrund jenes Fundes das gesamte Gebäude durchsucht und etliche Verhaftungen vorgenommen."

Sie schwieg einen Augenblick, dann lehnte sie sich nach vorne. „Was Sie aber nicht wissen ist, dass ich mir die Untersuchungsergebnisse nicht bloß von der Forensik habe übergeben lassen, sondern mich selbst in die Ermittlungen eingebunden und ebenfalls persönlich den Tatort besucht habe." Plötzlich sah sie ihm mit einer Mischung aus eindringlichem als auch scharfem Blick in die Augen, so als solle er aus ihrem Gesicht lesen, was sich zwischen den Zeilen befand und nicht das, was sie ihm erzählte.

„Worauf ich mich mit meinen Kollegen zusammengesetzt habe und wir zu einem – sagen wir mal – letztendlich einstimmigen Ergebnis gelangt sind. Kurz: Ihre Schüsse waren gerechtfertigt und Ihre Handlungen haben gegen keinerlei Richtlinien unserer Gesetzgebung verstoßen. Will heißen, Sie sind von jeglichen Vorwürfen entlastet, es wird keine Anklage gegen Sie erhoben und Sie können ab sofort Ihren Dienst wieder aufnehmen. Tollini, Ihr Vorgesetzter, wurde inzwischen informiert und wird Ihnen umgehend Waffe und Dienstausweis aushändigen. Weiterhin möchte ich Ihnen Bescheid geben, dass der leitende Staatsanwalt bereits über unsere Entscheidung in Kenntnis gesetzt wurde und somit auf Grundlage Ihrer bisherigen Arbeit eine weitere Person verhaftet wurde. Und zwar ein Mann, der auf den Decknamen *il Magistrato* hört. Die Anklage gegen ihn wird soeben vorbereitet. Mehr weiß ich nicht dazu – nicht meine Baustelle."

Über den Tisch schob sie ihm ein Schriftstück entgegen und zeigte dabei auf ein leeres Feld. „Wenn Sie also bitte hier unterschreiben würden?"

Domenico starrte auf das Blatt Papier, das vor ihm lag. Er war sprachlos. Stille breitete sich im Raum aus und Vivaldi wartete geduldig.

Da blickte Domenico mit ernster Miene auf und sagte: „Hören Sie, wenn Sie sich nicht zu hundert Prozent sicher sind, dass ich gerechtfertigt gehandelt habe, dann ist es mir lieber, Sie überdenken Ihre Entscheidung noch mal."

Vivaldi sah ihn an und für einen kurzen Augenblick war es, als wäre ihr ein kaum zu erkennendes Lächeln entglitten, dann wiederholte sie ihre Worte mit beinhartem Tonfall: „Das Urteil ist gefällt, wenn Sie also bitte hier unterschreiben würden?"

Domenico zog unweigerlich eine Augenbraue in die Höhe. Schließlich nahm er einen Kugelschreiber und unterschrieb das Dokument.

„Vielen Dank, Herr Bianco. Ich wünsche Ihnen noch einen schönen Tag", sagte sie, nahm das Schriftstück wieder an sich und legte es in einer Akte ab.

„Danke, Frau Vivaldi."

Sein kugelrunder Bauch blickte hinter seinem maßgeschneiderten Markenanzug hervor, während sich seine Designerkrawatte darüber wie eine Schlange kräuselte. Er stützte die Hände gegen seine Taille und stand aufrecht da. Hätte er in einer Militäruniform gesteckt, wäre er glatt als alternder Kommandant durchgegangen.

Augenblicklich sank Emilios Laune ins Bodenlose und er kam nicht umhin, verächtlich seine Augen zu rollen. *Was ist denn jetzt schon wieder?*

„Na? Hast du dich soeben mit einem Mädchen unterhalten?", fragte der Alte, wobei seine Stimme zur Abwechslung sogar recht vorbehaltlos klang, wie Emilio feststellte.

„Ja. Vielleicht unternehmen wir heute etwas zusammen."

„Ich verstehe … ich verstehe …" Paulo machte eine kleine Pause, dann fuhr er fort: „Und warum muss das unbedingt mit so einer Vogelscheuche wie der da vonstattengehen?"

Wusst ich's doch. Da war er wieder, der typisch abwertende Ton in der Stimme seines Vaters. Sofort stieß Emilio einen entnervten Seufzer aus und wollte an Paulo vorbeigehen. Dieser stellte sich vor ihn, bäumte sich auf und hob mahnend seinen Zeigefinger. „Du bleibst hier und siehst mich gefälligst an mit deinen beschissenen Verliereraugen. Denn du wirst mir jetzt zuhören, vielleicht lernst du dabei sogar noch was."

Widerwillig blickte Emilio zu ihm auf.

„Weißt du, was ein richtiger Mann tut?", sagte Paulo streng, „Ein richtiger Mann verabredet sich mit dem beliebtesten Mädchen der Ortschaft. Er nimmt sich die

Schönste, die es weit und breit gibt – und damit meine ich hübscher als die verdammte Ballkönigin! Es ist wie bei Schneewittchen – es muss die Schönste im ganzen Land sein, verstehst du? Und er tut alles dafür, sie zu kriegen."

Mit einem selbstgefälligen Lächeln beugte sich Paulo seinem Sohn entgegen und sah ihm tief in die Augen. „Ich erzähl dir jetzt mal was über Frauen. Manchmal siehst du die Schönste aller schönen Frauen, die Königsbiene sozusagen, Hand in Hand mit irgendeinem fetten Kloß oder einem ungepflegten, dreckigen Penner, der sich einbildet, Kochwein sei 'ne feine Sache. Und weißt du warum?" Er wartete einen kurzen Moment und starrte Emilio spartanisch entgegen. „Weil dieser Mistkerl der Einzige war, der den Schneid hatte, diese Frau anzusprechen. Jeder andere fürchtet, von so einer Bombenfrau eine Abfuhr zu erhalten – was stimmen mag, dennoch führt dies unweigerlich dazu, dass sich überhaupt kein Mann mehr traut, diese Art Frauen anzusprechen. Denkst du, die möchten als ewige Jungfrauen dahinscheiden? Sicherlich nicht. Und so bewundern diese Frauen die Stärke jenes Kerls, der geradewegs auf sie zugeht und ihnen selbstbewusst zeigt, was Sache ist. So krallt man sich die Königsbiene und nimmt sie letztlich zur Frau."

Dann richtete sich Paulo wieder auf, den Blick noch immer auf seinen Sohn gerichtet. „Und später zeigt man ihr dann, wie sie sich zu verhalten hat. Nämlich ruhig und im Hintergrund des Mannes. Deine Mutter hat's begriffen. Und was sie für ein Feger ist, weißt du auch – sie war einst auf der Titelseite der verdammten

Vogue! Und als sie mich kennenlernte, gab sie ihre Karriere auf, wie es sich gehört."

Eine Pause entstand und Emilio konnte fühlen, wie die Luft zwischen ihnen dicht und beinahe unerträglich geladen war.

„Verstehst du?", fuhr Paulo mit hartem Ton fort. „Nur darum geht es: Wer kriegt die Schönste, den strahlenden Engel unter diesen, ansonsten so unvollkommenen Wesen."

Einige Sekunden vergingen noch, dann trat er zur Seite. „Und jetzt geh rauf und putz dir deine verdammten Zähne, du riechst, als hätte dir jemand ins Maul gepisst!"

Gesenkten Hauptes schritt Emilio an ihm vorüber und trat ins Haus. *Vielleicht hat der alte Dreckskerl tatsächlich recht,* überlegte Emilio. Zugleich wusste er aber auch, dass er niemals jenem Bild eines Mannes entsprechen könnte, wie Paulo es vor Augen hatte. Und falls er doch irgendwann den Mut dazu aufbringen würde, eine jener Frauen anzusprechen, von welcher sein Vater ihm stets erzählte, so würde er die Erniedrigung einer Absage niemals verkraften können. Niemals. Was nahe legte, dass er es wohl auch gar nicht erst versuchen würde. Dennoch würde er sich aber auch niemals mit Minderem zufrieden geben, das wurde ihm heute klar. Wie sich diese beiden Tatsachen vereinbaren ließen, war ihm jedoch noch ein Rätsel. *Noch.*

So entschied er kurzfristig, Annarosa Pane heute nicht wie geplant zu kontaktieren. Im Gegenteil, er würde ihr sogar niemals wieder gegenübertreten. Das war zumindest schon mal ein Anfang.

KAPITEL 27

Langsam öffnete Lorena ihre Augen. Sie sah alles verschwommen und schaffte es kaum, ihren Blick zu fokussieren. In ihrem Schädel hämmerte es, als würde andauernd jemand mit einem Vorschlaghammer auf sie eindreschen.

Ihre Handgelenke schmerzten und ihre Finger fühlten sich taub an. Sie spürte, wie das gesamte Gewicht ihres Körpers an ihnen lastete. Wie ein geschlachtetes Stück Vieh baumelte sie von der Decke, denn sie war an ein Stahlgerüst gefesselt, das vom Oberboden herabragte. Rostige Stahlketten umschlangen die Gelenke ihrer Hände und sie fühlte, wie ihre Haut brannte, dort wo die Ketten sie berührten. Zu ihren Füßen waren je eine Ledermanschette am Boden befestigt, dennoch waren ihre Beine nicht gefesselt und ruhten in kniender Haltung auf dem verstaubten Steinboden.

Los schrei, Lorena, sagte eine Stimme in ihr. *Schrei so laut du kannst.* Augenblicklich wollte sie nach Hilfe rufen, doch alles, was sie hervorbrachte, waren dumpfe, unverständliche Laute, denn um ihre Lippen schwang sich ein Stück silbernes Klebeband. Sofort verstand sie, dass es keinen Zweck hatte. Niemand würde sie hören.

Tränen liefen ihr unaufhaltsam übers Gesicht. An ihrem gesamten Körper spürte Lorena kühle, feuchte Luft auf ihrer Haut. Sie blickte nach unten und presste dabei mehrmals ihre Augenlider aneinander, in der Hoffnung dadurch schärfer sehen zu können. Undeutlich erkannte sie, dass sie nur Büstenhalter und Slip trug. Sie fühlte sich nackt und beschämt. Im selben Moment realisierte sie, dass sie ihrem Peiniger völlig ausgeliefert war. Hilflos. Und es gab nichts, das sie dagegen tun konnte.

Wo bin ich?, fragte sie sich panisch. *Wie viel Zeit ist vergangen?* Doch die Frage, die sie am meisten beschäftigte, war, was er nun mit ihr anstellen würde. Sie wusste, dass er sie nicht töten würde, dafür begehrte er sie zu sehr. Obgleich ihr lieber wäre, er täte es. Nun könnte er mit ihr nämlich alles anstellen, was er wollte. All seine Fantasien an ihr ausleben, so oft ihm der Sinn danach stand. Tag und Nacht. Und wer wusste schon, welch perverse Neigungen er verspürte. *Nein, bitte lass mich sterben, Gott. Lass mich sterben oder schicke mir Domenico.* Das war jedoch unmöglich, das wusste sie. Niemand kannte ihren Aufenthaltsort. Weder sie selbst, noch ihr geliebter Domenico wussten, wo sie war. Niemand würde sie finden. *So wunderschön es auch mit dir war, mein liebster Domenico, solange ich auch auf dich gewartet und dich endlich gefunden habe – nun ist es vorbei.* Und so wünschte sie sich in diesem Augenblick nichts sehnlicher als den Tod herbei.

Doch das würde nicht geschehen. Sie war nun seine Gefangene. Seine Sklavin. Was ihr bevorstand, konnte sie bloß erahnen, im Grunde aber wollte sie es gar nicht wissen. Die Vorstellung wäre zu schrecklich. Die Vorstellung über all die abartigen Ideen, die ihm bereits vorschweben mussten. Ideen, die er in Kürze umsetzen würde – mit ihrem Körper. Schandtaten. Bald wäre es soweit. Und bis dahin blieb ihr nichts anderes übrig, als abzuwarten. Wie sie darüber nachdachte, wurde sie augenblicklich von blanker Furcht überfallen und Schweißperlen liefen ihr seitlich über beide Stirnhälften. Kalter Schweiß, wie sie feststellte – es war Angstschweiß.

Denk nicht darüber nach, sagte sie sich. *Zähl bis vier und atme ein. Eins ... zwei ... drei ... vier. Atme aus und zähl bis vier. Eins ... zwei ... drei ... vier.*

Immer wieder neigte sich ihr Kopf ungewollt nach unten, so als hätte man Gewichte an ihm befestigt. Zudem fürchtete sie, von einem Moment auf den anderen das Bewusstsein wieder zu verlieren. Mit aller Kraft, die sie aufbringen konnte, versuchte sie aufzublicken, um zu entschlüsseln wo sie sich befand. Alles was sie sah, war, dass es rings um sie dunkel war. Im Finster zeichneten sich vereinzelte Konturen eines Kellergewölbes ab, mehr war nicht zu erkennen. Sie hörte das Strömen eines Wasserfalls. Das Geräusch war so laut, als befände er sich direkt hinter ihr und würde ganz in der Nähe in einem reißerischen Fluss münden.

Vor ihren Augen bewegte sich etwas. Angestrengt kniff sie die Lider zusammen und wartete, bis sich die Teile des verschwommenen Bildes aneinanderreihten. Schließlich formten sie sich zu einem Gesicht. Einem freudestrahlenden Gesicht. Es war das von Emilio Grandi, wie es ihr verträumt entgegenblickte. Ganz nah bei ihr.

Wie sie erkannte, trug er noch immer seine Anzughose und das weiße Hemd; seiner Jacke hatte er sich inzwischen entledigt. Als er den Mund öffnete, nahm sie seinen unverkennbaren Geruch wahr. Der grässlichste Geruch, den sie kannte.

„Wenn du nur wüsstest, wie glücklich es mich macht, dass du nun endlich bei mir sein kannst." In seiner Stimme lag ein Schwärmen und seine Worte klangen, als wolle er damit ausdrücken, in seinem Leben nun alles erreicht zu haben. „Ich weiß natürlich, dass du dich mir nicht freiwillig fügen wirst – ich bin ja schließlich nicht auf den Kopf gefallen oder verrückt."

Nein, aber keineswegs, schrie Lorenas innere Stimme auf.

„Aber wer weiß", sprach er heiter weiter, „vielleicht kannst du dich irgendwann doch noch eines Besseren besinnen. Ich werde die Hoffnung nicht aufgeben und womöglich werden wir irgendwann sogar gemeinsam glücklich."

Er wandte sich um und ging einige Schritte nach hinten. Ins Dunkel, wo sie ihn kaum noch sehen konnte. Mit zitternden Beinen richtete sie sich auf, fürchtete aber, ihre Füße könnten jeden Moment wieder nachgeben. Entlastet von ihrem Gewicht, ließ der Schmerz ihrer Handgelenke augenblicklich nach und sie konnte sogar ihre Arme zu den Seiten ausstrecken. Mit ihren nackten Fersen und Zehen spürte Lorena, dass sie auf steinernem Untergrund stand.

Als er wiederkam, hörte sie ein Knistern. Sie erkannte, dass er eine durchsichtige Tüte mit Klettverschluss in den Händen hielt. Darin befand sich etwas Stoffartiges. Auf den zweiten Blick bemerkte sie, dass es Kleidungsstücke waren.

„Wie ich sehe, hast du dich endlich aufgerafft", meinte er mit einem seichten Lächeln auf den Lippen,

„Das ist gut. Ich hatte gehofft, du würdest bald wieder zu Kräften kommen."

Er öffnete den Verschluss der Tüte und streckte seine Nase in die Öffnung. Sie sah, wie er tief inhalierte und im Anschluss befriedigt und benommen zu ihr aufsah, als hätte er sich soeben eine Droge injiziert. Dann fasste er ins Innere und zog mit den Fingerspitzen ein dunkelgrünes Höschen daraus hervor. Ein zweites Kleidungsstück blieb im Beutel, wie Lorena nun feststellte, war es ein Büstenhalter. Er knüllte den Schlüpfer in seiner Faust zusammen und presste sich das Textilstück fest gegen seine Nasenhöhlen. Erneut nahm er einen tiefen Zug und nahm so viel Duft in sich auf, wie er fähig war. Beinahe benebelt sah er mit glasigen Augen wieder zu Lorena auf.

„Ein Andenken an Tamara. Ich habe es stets in Ehren gehalten." Seine Stimme klang, als wäre er einem Rauschzustand verfallen.

Lorenas Herz schlug schneller. *All die Jahre hatte er sie bei sich*, schoss ihr aufgebracht durch den Kopf. *Die Kleidungsstücke, die man nie gefunden hat. Er soll nichts von ihr haben! Nichts!* Alles, was von ihr übrig geblieben war, war in seinem Besitz. Ihre intimste Habe. Es war nicht sein Recht.

„Auf diese Weise war sie immer bei mir", fuhr er fort und blickte Lorena dabei mit ungerührtem Ausdruck entgegen, „Irgendwann, wenn die Zeit reif ist, wirst *du* diese Stücke tragen. Ihr werdet dann ineinander verschmolzen sein und", er machte eine Pause und seine Augen wurden feucht, dann sprach er weiter, „dann habe ich euch beide. Für immer."

Als hätte er das Bild in seiner Vorstellung bereits vor Augen, starrte er benommen ins Leere. Schließlich kam er wieder zu sich. Er packte das Höschen in den Beutel, verschloss ihn und legte ihn beiseite.

Allmählich konnte Lorena wieder richtig sehen und der Raum wurde ein wenig heller. Sie blickte sich um. Es sah aus, als befänden sie sich in einer kellerartigen Gruft. Hinter ihm standen einige brennende Kerzen am Boden, deren Docht bereits übergelaufen war. Sie waren die einzige Lichtquelle und warfen flackernde Lichtkegel durch den Raum. Rings um sie waren jedoch weiterhin nichts weiter als dunkle Schatten auszumachen.

Langsam wandte sie sich, soweit es ihr möglich war, um und erblickte eine gläserne Wand. Sie reichte vom Boden zur Decke und zog sich an beiden Seiten bis ans Ende des Raumes hin. Der Anblick schien nicht ganz zur Vorstellung eines alten Kerkers zu passen. Der Teil mit der Glaswand wirkte restauriert. Hinter der Scheibe war es dunkel und sie konnte die sich bewegenden Konturen eines Wasserfalls ausmachen, wodurch sie das stetige Geräusch endlich mit einem Bild verbinden konnte. Er war so nah, dass sogar einige sprudelnde Wassertropfen gegen das Glas hämmerten. Der Anblick vermittelte Lorena das Gefühl, als befände sie sich auf einem sinkenden Schiff.

Emilio beobachtete, wie sie sich umsah. „Das Gebäude ist auf dem Fundament einer alten Burg errichtet worden. Der Architekt war ein Bekannter meines Vaters. Beeindruckend, oder nicht?"

Sie blickte sich wieder zu ihm um. „Und genau in diesem Fundament befinden wir uns soeben. Darin ist nämlich ein mittelalterliches Verlies erhalten geblieben." Er drehte sich mit ausgestreckten Armen im Kreis und atmete die feuchte Luft ein. „Wunderschön, nicht wahr? Kannst du es riechen? Diese Gemäuer sind über tausend Jahre alt."

Er hielt kurz inne und sprach dann weiter: „Die Steinwand hinter dir einzureißen und das Glas einzusetzen, war übrigens ebenfalls die Idee des Architekten. Eine sehr gute Idee, wie ich finde, denn der Ausblick ist nahezu grandios." Dann setzte er plötzlich einen überdrüssigen Ausdruck auf. „Die Stockwerke darüber sind natürlich der reinste, neumodische Luxus und haben nichts mehr mit jener Zeit gemein." Er machte eine kurze Pause, schließlich wandelte sich sein Blick und wirkte wieder erheitert. „Doch hier drin ist die Zeit stehen geblieben."

Lorena sah, wie er näher kam. Er stellte sich direkt vor sie und blickte ihr mit seinen einschüchternden, zweifarbigen Augen eindringlich entgegen.

„Es war so schön. So unendlich schön ... zu beobachten, wie du am Tag nach dem Erhalt meiner Botschaft so dermaßen unaufmerksam warst. Du hast dich in unserer Sitzung kaum konzentrieren können. Du hättest dich selbst sehen sollen", sagte er und schien dabei allmählich in seiner Erinnerung zu versinken.

„Übrigens", meinte er und war plötzlich wieder ganz im Hier und Jetzt, „war alles, was ich dir über meinen Vater erzählt habe, die Wahrheit. All die Intrigen und das stetige Einmischen in meine Arbeitsweise. Allerdings liegt es bereits einige Zeit zurück. Die Probleme haben sich praktisch irgendwann von selbst gelöst. Als er damals den Löffel abgab. Plötzlicher Herzstillstand.

Und das alles, noch bevor er ein Testament aufsetzen konnte. Das ist jetzt bereits fünfzehn Jahre her. Was so eine Dosis Kaliumchlorid nicht alles bewirkt", in seiner Stimme lag purer Sarkasmus. „Er hat sogar das Piksen der Nadel gespürt ... als er im Tiefschlaf in seinem Dreitausendeurobett lag. Der Idiot hat sich aber dann einfach umgedreht und weiter geschnarcht. Das war mit Abstand einer der schönsten Momente meines Lebens."

Er trat wieder einen Schritt zurück und blickte verträumt umher.

„Natürlich mit Ausnahme der Augenblicke mit euch", beteuerte er und sah ihr mit aufrichtigem Blick entgegen. „Mit Tamara und dir."

Dann wandte er sich wieder zur Seite und starrte mit nachdenklichem Ausdruck vor sich hin. „Er wollte, dass ich mir Linsen einsetze. Da ich als Kind oftmals für meine Augen gehänselt worden war. Er sagte, früher oder später wenn ich ein Geschäftsmann sei, sollte das Augenmerk der anderen auf meiner Professionalität liegen und nicht der Farbe meiner Iris. Und so habe ich die Dinger getragen. Immer. Für ihn."

Er blickte sich wieder zu Lorena um. „Weißt du eigentlich, dass man eine Sonderanfertigung benötigt, sofern man zwei verschiedene Augenfarben hat? Man kann nicht einfach nur braune Linsen einlegen. Beide Augen sind dann zwar bräunlich, doch ein Auge wäre immer noch heller als das andere. Da das darunterliegende Grau und Grün einen Einfluss auf die Linsenfarbe ausüben. Sowas nennt man in der Fachsprache der Optik *Metamerie.* Beide Linsen eines Paares müssen also unabhängig so lange nachgefärbt werden, bis diese Beeinflussung aufgehoben und nicht mehr zu erkennen ist. Ich setze mir also unterschiedlich farbige Linsen ein, um letztlich gleichfarbige Augen zu haben – ist das nicht eine Ironie?" Er lächelte schließlich und blickte Lorena erwartungsvoll entgegen.

Plötzlich fixierte sie sein Blick und seine Miene wurde leer und kühl. Er trat auf sie zu. Lorena überkam ein Schauer und er sah ihr tief in die Augen.

„Doch als ich *sie* nahm", sagte er, „Tamara ... da trug ich keine Linsen. Da war ich einfach ich. Nur *ich.*"

Ein Lächeln glitt über seine Lippen und über sein Gesicht legte sich ein Ausdruck an Melancholie. „Genauso wie bei dir. Denn auch dir wird nun diese Ehre zuteil – du bekommst mich. Einfach nur *mich.* Und ich hoffe, du weißt dieses Geschenk der Wahrheit zu würdigen."

Erneut füllten sich ihre Augen mit Tränen. Es waren Angsttränen. Sie perlten über ihr Gesicht und sammelten sich unter ihrem Kinn, bis sie schließlich in freiem Fall zu Boden tropften. Indes sah er ihr voller Zufriedenheit entgegen und schien dabei der glücklichste Mensch auf Erden zu sein.

KAPITEL 28

Es goss noch immer in Strömen. Der graue Himmel sah aus wie eine Schwarz-Weiß-Fotografie. Es war dunkel und vernebelt, während sich ab und an eine schwarze Donnerwolke wie ein Schleier durch das Gebilde schlängelte. Harte Regentropfen prasselten wie Steine gegen die Windschutzscheibe des Alfa Romeos. Domenico trat das Gaspedal bis zum Anschlag durch, während Mailands Stadtmitte Meter für Meter näher rückte. Allmählich verdichtete sich die Anhäufung der umliegenden Gebäude, was ihm verdeutlichte, dass er sein Ziel bald erreicht haben würde.

Mit voller Fahrt brauste Domenico über eine Kreuzung und überfuhr eine rote Ampel. Anschließend nahm er eine Abkürzung und schlug in eine enge Seitengasse ein. Bauwerke, die immer höher in den Himmel ragten, zogen an ihm vorüber, als er bereits den Wohnblock erkannte, in dem sich sein Appartement befand. Er missachtete sämtliche Verkehrsregeln und fuhr auf den Bordstein, wo der schwarze Alfa mit einer Vollbremsung direkt vor dem Wohnhaus zum Stillstand kam.

Hektisch sprang er aus dem Wagen und eilte der Eingangstür des Gebäudes entgegen. Mit der Schulter stieß er sie nach innen auf und rannte durch den Hausflur. Als er die Treppe erreichte, stürmte er die Stufen nach oben in den zweiten Stock, wo er den Gang entlang bis zu seiner Wohnungstür lief. Das Schlüsselbund bereits parat, schloss er sie auf und eilte durch die Eingangsdiele in sein Arbeitszimmer.

Er fuhr seinen Heimrechner hoch und öffnete inzwischen einen der Büroschränke, wofür er einen Schlüssel benötigte. Er zog einen schweren, schwarzen Koffer daraus hervor und legte ihn auf den Schreibtisch, gleich neben den Computer. Er klappte die Laschen auf, öffnete den Koffer und blickte eilig auf den Bildschirm des Rechners.

Seine Hände zitterten bei jeder Bewegung, die er ausführte. Das war ungewöhnlich, denn er hatte gelernt, seine Emotionen nicht nur zu verbergen, sondern sie regelrecht abzustellen. Hatte gelernt, immer wieder, wenn er in finsteren Milieus das tödliche Schicksal eines Kindes oder Jugendlichen beobachten musste, die Trauer zu überspielen. Um hartgesotten zu wirken und sich nicht zu verraten. Niemand kannte das wahre Ausmaß dessen, was diese Erfahrungen mit seiner Seele anstellten. Er versteckte den Schmerz. Er versteckte ihn, weil sein Leben davon abhing. Und er war geschickt darin.

Als er damals seinen ersten Fall als verdeckter Ermittler übertragen bekam, hatte er zuvor einen Lehrgang absolvieren müssen, ähnlich eines Schauspielkurses. Allerdings hatte er dabei nicht nur lernen müssen, sich in eine andere Person zu versetzen, sondern auch wie man seine Todesängste verbarg. Denn mit jedem einzelnen Tag, den er damit verbrachte, mit Verbrechern und Mördern zusammenzuleben, als seien sie seine Familie, reichte bereits eine falsche Aussage. Eine unüberlegte Handlung oder unangemessene Emotion zur falschen Zeit am falschen Ort, und schon könnte er enttarnt werden – was den sicheren Tod bedeutete. Die Furcht davor, dass so etwas je passieren könnte war allgegenwärtig und diese galt es zu unterdrücken. Ein Auftrag dauerte für gewöhnlich mindestens ein Jahr, womit er mittlerweile Meister darin war, seine Gefühle zu verbergen.

Aber nicht heute. Heute, wo er sich erst recht konzentrieren müsste. Denn er hatte eine wichtige Aufgabe: Lorena finden. Und er hoffte bei Gott, dass es noch nicht zu spät war. Andererseits war es vielleicht genau dieser Umstand, weshalb er seinen Gefühlen keinen Einhalt gebieten *konnte*. Eben *weil* es um Lorena ging. Den Menschen, den er so sehr achtete und liebte, wie er es niemals für möglich gehalten hätte. Den Menschen, der Gefühlsregungen in ihm zum Vorschein gebracht hatte, von denen er sich nicht bewusst war, dass er sie überhaupt besaß.

So fasste er an die Maus des Rechners und erhoffte sich Erfolg zu haben, mit dem was er gleich vorhatte. Denn Lorenas Leben hing davon ab.

KAPITEL 29

Tregnago, 23. Oktober 1996

Er hatte soeben gefrühstückt. Er saß am Küchentisch und trank den letzten Schluck Kaffee. Gleich müsste er los, der Schulbus würde in wenigen Minuten vor der Einfahrt Halt machen. Die Tür zum Flur stand offen und dahinter sah er einen Schatten. Plötzlich wehte eine Gestalt lautlos am Türrahmen vorüber. Es war Elisa, seine Mutter.

Er neigte sich auf seinem Stuhl nach hinten und blickte durch den Durchgang. Er sah, wie sie die Treppen hinaufstieg. Langsam und leise. Sie war barfuß und trug eines ihrer teuersten Cocktailkleider. Es war schwarz, hatte einen tiefen Ausschnitt und es war rückenfrei. Sie blickte sich kurz zu ihm um. Ihr Ausdruck war leer. Völlig emotionslos.

Wie er feststellte, hatte sie sich ihr hellblondes Haar säuberlich nach oben gesteckt, Make-up aufgetragen und sich sorgfältig den Lidstrich gezogen. *Warum?*, fragte er sich. *Wozu die Aufmachung?* Sie hatte das Haus schon seit Jahren nicht mehr verlassen – und schon gar nicht um diese Zeit, nämlich frühmorgens. Ein Bote brachte die Zeitung, ein Lieferservice die Einkäufe und alles Finanzielle regelten Laufburschen, Assistenten und die Anwälte seines Vaters. Wenn sie nach draußen ging, dann letztlich nur, um sich im Garten in der Sonne zu bräunen, in den Pool zu springen oder wenn sie gemeinsam mit Paulo auf einer Gala oder zu einem Dinner eingeladen war. Sogar der Friseur, den sie bevorzugte, machte ihretwegen stets einen Hausbesuch.

Emilio hatte nie verstanden, ob sie sich dieses Leben so gewünscht hatte, ob sie zufrieden war und ob es ihr gut oder schlecht ging. Sie hatte seit jeher weder positive noch negative Regungen von sich gegeben. Sie hatte sich nie beschwert, aber auch nie je ein Lächeln von sich gegeben. Seit er denken konnte, hatte sie nie irgendwelche sichtbaren Emotionen gezeigt, hatte nie geschrien, gelacht oder andere Gefühlsregungen offenbart. Auch als Mutter hatte sie ihn nie zurechtgewiesen, geschimpft oder gelobt. Damit er seine Hausaufgaben erledigte, hatte man eine Nachhilfelehrerin engagiert, für alles andere war ein Dienstmädchen zuständig und um seine Erziehung kümmerte sich Paulo – sofern man Sprücheklopfen, Brunftgehabe und das Weitergeben von narzisstischen Ratschlägen als Erziehung gelten ließe.

Seit jeher kannte er seine Mutter als stillen, in sich gekehrten Menschen. Wie sie sich in Gegenwart anderer Leute verhielt, wusste er nicht. Er selbst erlebte Elisa jedenfalls nur als menschliche Hülle. Ob dies ihre Natur war, oder ob sie erst durch das Leben mit seinem Vater so geworden war, wusste er ebenfalls nicht. Er kannte sie nur so.

Manchmal kam sie ihm vor wie ein Geist. Ein wunderschöner Geist. Mit ihren knapp über vierzig Jahren, war sie noch immer eine der schönsten Frauen, die er je zu Gesicht bekommen hatte. Sie konnte mit jeder Schauspielerin und jedem Zeitungsmodel mithalten, sie war schließlich selbst mal eines gewesen. Auch ohne Make-up war sie der personifizierte Traum eines jeden Mannes. Ihre natürliche Schönheit war unermesslich und kein weibliches Wesen, das er je erblickt hatte, weder in Magazinen noch Fernsehen, konnten ihr in dieser Hinsicht das Wasser reichen. Ihr strohblondes, langes Haar, ihre leuchtend blauen Augen und die perfekt angeordneten Konturen ihres Gesichts waren die Verkörperung makelloser Anmut und Emilio wünschte sich nichts sehnlicher, als selbst irgendwann jemanden wie sie zu finden.

Manchmal beobachtete er sie heimlich durch das Schlüsselloch, wenn sie sich umzog oder sich unter die Dusche begab. Einmal hatte sie ihn dabei ertappt. Er hatte nicht schnell genug reagiert, als sie auf die Tür zutrat. Seine Hände waren noch immer in seiner Hose, wo sie seinen Penis massiert hatten. Als sie vor ihm stand, sagte sie nichts. Wie immer. Denn sie sagte nie etwas. Es war einer jener zahlreichen Augenblicke, die für immer totgeschwiegen wurden. Er hatte sich zwar geniert, aber nicht sonderlich stark.

Manchmal fragte er sich, ob sie eigentlich um ihre endlose Schönheit wusste. Ob sie begriff, welche Wirkung sie auf die Männerwelt hatte. Dass sie wahrscheinlich jeder Mann, der sie erblickte, haben wollte. Nicht nur ihren Körper, sondern auch ihre ruhige, stille Art.

Sie war das korrekte Inbild einer Frau, betonte Paulo regelmäßig voller Stolz. So als hätte er sie geschaffen. Als wäre sie sein Werk. Und vielleicht war sie das auch.

Ziemlich sicher sogar, spekulierte Emilio oftmals. Und er bedauerte sie nicht dafür, denn alles schien in Ordnung. Alles war so, wie es sein sollte. Das hatte ihm Paulo von Kindesbeinen an eingetrichtert. *So muss es sein.* Sie und Paulo lebten den Inbegriff einer beispiellosen Ehe. Das perfekte Leben zwischen Mann und Frau.

Elisa wandte sich wieder um und stieg die Stufen weiter nach oben, bis sie schließlich aus seinem Blickfeld verschwand. Im Grunde war an ihrem Verhalten nichts Eigenartiges. Dennoch schien es heute irgendwie anders zu sein. Er wusste nicht, was es war, das ihn zu der Annahme führte. Fest stand nur, dass sich der Augenblick sonderbar anfühlte.

Dann hörte er das Geräusch einer Tür, die sich schloss. Gleich darauf vernahm er das Plätschern des Wasserhahns und wie sich die Badewanne langsam füllte. Er stand auf und stellte seinen leeren Teller, das Besteck und seine Kaffeetasse auf die Spüle. Anschließend griff er nach seinem Rucksack, den er bereitgestellt hatte und trat hinaus in den Hausflur. Er begab sich in Richtung der Eingangstür, vorbei an einer lebensgroßen, eingerahmten Fotografie seiner Mutter. Es zeigte, wie sie im Bikini in einer erotischen Pose in den Himmel blickte. Es war eine professionelle Strandaufnahme, abgelichtet von einem Starfotografen. Zweck der Aufnahme war eine Kampagne eines Unternehmens, das einst für Badebekleidung geworben hatte. Damals, als sie noch ihrem Modelberuf nachgegangen war.

Am Treppenabsatz hielt er inne und warf einen Blick nach oben. Noch immer konnte er den voll aufgedrehten Hahn hören und fragte sich plötzlich, weshalb sie sich derart schick machte, bevor sie ein Bad nahm. Erneut überkam ihn das eigenartige Gefühl, dass heute irgendetwas nicht so war, wie sonst. Er wartete, den Blick noch immer nach oben gerichtet. Ein Schwall Wasser plätscherte plötzlich die Stufen hinab. Die Treppen verwandelten sich in einen künstlichen Bach, bis das Wasser schließlich zu ihm gelangte und sich unter seinen Füßen zu einer Lache sammelte.

Er fasste an das Treppengeländer und stieg langsam die Stufen empor. Die Sohlen seiner Turnschuhe quietschten und er musste aufpassen, um nicht auszurutschen. Oben trat er auf die Badezimmertür zu. Er wartete einen Augenblick, dann schob er sie vorsichtig nach innen auf. Er sah das rotgefärbte Badewasser, das sich über den gesamten perlweiß gefliesten Boden des Badezimmers ausgebreitet hatte. Wie erstarrt blickte er auf ihren leblosen Körper. Diese einst so wunderschöne Gestalt. Ohne jeglichen Ausdruck auf ihrem Gesicht hatte sie dagelegen, in ihrem unbezahlbaren Abendkleid. Reglos und starr. Ihr langes, gelbes Haar weilte auf ihrer Brust, während ihre von Schnitten übersäten, blutverschmierten Arme über den Wannenrand baumelten.

Von diesem Augenblick an begriff er. Nämlich dass es vorbei war. Dass sie nicht mehr lebte. Dass sie nie wieder wie ein stilles Gespenst durch diese Gänge streifen würde.

Irgendwie tat ihm leid, was er sah, obgleich es ihn nicht sonderlich erschütterte. Schließlich war sie nicht *seine* Frau gewesen. Sie hatte Paulo gehört. Er würde sich selbst irgendwann jemanden suchen. Jemanden wie sie.

Und so trat er wieder aus dem Raum und schloss die Tür.

KAPITEL 30

Er war kurz fort gewesen. Hatte Lorena alleine im trüben Kerzenlicht zurückgelassen. Durch das Klebeband um ihren Mund, lag ein unangenehmer, kleisterartiger Geschmack auf ihrer Zunge. Sie wand sich und versuchte ihre Handgelenke aus den Schlingen der Kette zu zwängen, doch es war zwecklos. Verzweifelt blickte sie sich um. Ihre Beine waren frei, in unmittelbarer Nähe gab es jedoch nichts, wonach sie mit ihnen hätte tasten können. Nichts, das ihr helfen könnte, sich zu befreien. Es war aussichtslos.

Von weit hinten im Finster vernahm sie plötzlich das gedämmte Geräusch einer Stahltür, die geräuschvoll geöffnet und wieder geschlossen wurde. Dann wusste sie, dass er wieder zurückkam. Sie hörte seine Schritte immer deutlicher. Näher und näher, bis sie erblickte, wie die Schatten allmählich seine Konturen freigaben. Als er aus dem Dunkel trat und sie ihn vollständig sehen konnte, erkannte sie, dass er einen schwarzen, zugeschnürten Bademantel trug. In weißen Hotelslippern aus flauschigem Stoff watschelte er gemächlich auf sie zu.

Warum hat er sich umgezogen?, fragte sich Lorena panisch. Tief in ihrem Inneren wusste sie es jedoch. Weil nun die Zeit gekommen war. Die Zeit, in der er sein wohlgeglaubtes Recht einforderte. Das Recht sie zu nehmen. Sich mit ihr zu vergnügen. Wie oft er wollte, solange er wollte. Und es gab nichts, das ihn daran hinderte. Nichts, das sie dagegen tun konnte. Eine Schweißperle löste sich von ihrer Stirn und mischte sich mit einer Träne, die ihr übers Gesicht lief.

Sie sah, dass er einen kleinen Bilderrahmen in seinen Händen hielt und kaum seinen Blick davon abwenden konnte. Als er vor ihr stand, wendete er den Gegenstand und streckte ihn ihr lächelnd entgegen.

„Siehst du?", sagte er, seine Stimme klang ruhig und genügsam.

Auf dem Bild war das Portrait einer blonden Frau abgelichtet. Sie hatte helle, blaue Augen und ein schier makelloses Gesicht.

„Erkennst du darin etwas? Und ich meine damit etwas ganz Besonderes." Er blickte ihr erwartungsvoll entgegen und wartete einen Augenblick. „Nämlich die Gleichheit. Bemerkenswert, nicht wahr?"

Lorena gestand sich eine gewisse Ähnlichkeit mit der abgebildeten Person ein und sie begriff, was er damit meinte. Es ging ihm nicht um eine Ähnlichkeit, wie man sie unter Verwandten beobachtete. Sondern es ging um reine Schönheit. Genau genommen hatten sie und die abgelichtete Dame sogar grundverschiedene Gesichter. Die Frau war nahezu maßlos schön, so wie es auch Lorena in seinen Augen war. Nur auf eine andere Weise. Ihre Gleichheit bestand in ihrer Schönheit.

„Meine Mutter." Ein Ausdruck von Melancholie legte sich über seine Miene. „Ihr Aussehen war absolut umwerfend."

Er drehte das Foto wieder in seine Richtung und starrte es noch eine Zeit lang an. Als er wieder in die

Gegenwart zurückkam, klappte er den Aufsteller aus, bückte sich und stellte den Rahmen zu Boden, direkt neben ihnen. „Ich dachte, du solltest sie einmal sehen. Schließlich haben wir nie über sie geredet. Doch von nun an sollte es nichts Unausgesprochenes mehr zwischen uns geben. Keine Geheimnisse mehr." Er blickte ihr in die Augen. „Was mich an der Stelle unweigerlich dazu führt, über Delago zu sprechen. Ich glaube, ich schulde es dir, dich diesbezüglich über so einiges aufzuklären. Du hast dich sicherlich schon gefragt, was da eigentlich los ist. War er möglicherweise mein Partner oder so?"

Tatsächlich kreisten Lorenas Gedanken mehrmals um Delagos Verhaftung und die Beweise, die man gegen ihn gefunden hatte. Trotzdem war angesichts ihrer Situation der Drang nach Aufklärung immer mehr in den Hintergrund gerückt. Da er es nun aber erwähnte, war sie ganz Ohr.

„Delago ... Delago ..." Auf seinem Gesicht lag ein verächtliches Grinsen und er schüttelte den Kopf. „Dieser Delago hat mir so unendlich viel abgenommen. Es war, als hätte sich alles von alleine gefügt – als hätte ich nicht einmal viel dazu beitragen müssen." Da blickte Emilio ihr voller Stolz entgegen und sprach weiter. „Es war so einfach, es ihm anzuhängen. Ich habe beobachtet, wie er dich begierig anschmachtete, immer wieder, wenn ihr euch über den Weg gelaufen seid. Er war der perfekte Kandidat. Du wirst es mir nicht glauben, aber die Linsen habe ich ihm einfach anonym per Post geschickt. Ich hatte bereits den Verdacht, er wüsste nichts damit anzufangen und würde sie höchstwahrscheinlich in den Müll werfen. Trotzdem waren sie nun in seiner Wohnung. Genial, oder?" Belustigt lachte er und schüttelte erneut den Kopf. Dann wurde seine Miene wieder etwas ernster und er sah Lorena scharf in die Augen.

„Kommen wir nun zu seinen Internetaktivitäten. Im Gegensatz zu meinem Vater habe *ich* Ahnung von Software", sagte er und sie konnte den Zorn in seinen Augen erkennen, der kurz aufblitzte, als er über Paulo sprach. „Ich war es schließlich, der in unserer Softwareabteilung gearbeitet hat! Dort, wo das Betriebssystem auf den Rechner gespielt wird und die Geräte auf ihre Kompatibilität mit der Software geprüft werden. Von unseren Computerheinis habe ich so einiges gelernt. Zum Beispiel wie man jemandem via E-Mail einen Trojaner unterjubelt. Als ich schließlich die Kontrolle über Delagos Computer hatte, habe ich die Klicks auf deine Homepage verursacht", sein Gesicht kam ihr plötzlich näher, so nah, dass sie sich beinahe berührten und sie erneut den von Fäulnis befallenen Geruch seines Atems riechen konnte. „Und mich dabei gleich etwas vergnügt. Mir quasi einen kleinen Vorgeschmack geholt, auf das, was nun bald folgen wird."

Augenblicklich sah sie ihm an, wo seine Gedanken festsaßen. Er leckte sich die Lippen und seine Pupillen weiteten sich, sodass die Iris seines grünen Auges kaum mehr sichtbar war.

„Aber kommen wir nun wieder zum Wesentlichen", meinte er, kam dabei wieder zu sich und trat einen Schritt zurück. „Dennoch wird Delago nicht lange festgehalten werden, wie du weißt. Was sagen schon ein paar Klicks und eine Packung Linsen aus? Via Schnellverfahren wird er binnen kürzester Zeit wieder auf freiem Fuß sein – Gott, ich liebe dieses Land! Und jetzt kommt der Clou!", er klatschte kurz in die Hände und drehte sich, wie ein freudentanzendes Kind, einmal um die eigene Achse. „Wie ich mir denken kann, hast du vorläufig sicherlich alle Termine abgesagt – nach diesem schrecklichen Überfall. Bis man dein Verschwinden bemerken wird, ist Delago längst wieder draußen. Und was denkst du, wer dann wieder der Verdächtige Nummer eins ist? Ja, genau: Delago. Man wird sogar Fingerabdrücke von ihm auf einem Briefumschlag feststellen können! Einen *neuen* Briefumschlag, der sich seit heute Morgen in der Schublade deines Schreibtischs befindet. Ich habe ihn dort deponiert, als du bewusstlos warst. Dessen Inhalt ist ein weiterer Mikrochip. Ein Chip, der eine Audiodatei beinhaltet. Und weißt du, wie ich das mit den Abdrücken angestellt habe? Das war sogar das Leichteste von allem!"

Mit einem selbstgefälligen Lächeln kam er ihr wieder etwas näher, dann sprach er weiter. „Wie bereits erwähnt, habe ich dich lange Zeit beobachtet und wie mir schließlich dein lieber Nachbar ins Auge fiel, da habe ich ihn studiert. Wie gesagt, war unschwer zu erkennen, dass er sich für dich interessierte. Ich habe genau den Moment abgewartet, an dem Delago für gewöhnlich nach Hause kam, als ich dann erneut einen Brief auf dem Portierpult ablegte. Ich kenne die Menschen, ich wusste, er würde es nicht lassen können, sich den Umschlag näher anzusehen – einen Umschlag, auf dem wohlgemerkt: *Für Lorena Renga*, steht. Und Peng!" Er führte eine Geste aus, als hätte er eine Pistole in der

Hand und soeben damit geschossen. Dann blickte er Lorena wieder in die Augen, während ein Ausdruck des Selbstlobes auf seinem Gesicht verharrte. „Wie ich's mir gedacht habe ... so ein Vollidiot. Von draußen, durch die gläserne Eingangstür, konnte ich beobachten, wie er das Teil in die Hände nahm, es umdrehte und die Rückseite betrachtete. Er schüttelte es sogar, um den Inhalt zu erraten. Bis er plötzlich meine Schritte vernahm, als ich die Eingangshalle betrat und auf dem Weg zu einer unserer Sitzungen war. Augenblicklich hat Delago das Weite gesucht. Den Brief habe ich dann im Vorbeigehen wieder zu mir genommen. Tja, meine Liebe, und nun passt alles perfekt zusammen." Emilio verschränkte die Arme und seine Stimme klang wieder etwas ruhiger. „Bei der Untersuchung deines Verschwindens wird man den Umschlag finden und Delago wird erneut verhaftet. Denn es sind seine Fingerabdrücke und auf der Aufnahme wird zu hören sein, wie er sich outet und sogar den Vorfall an deiner Schwester gesteht. Die Beweise sind nun erdrückend und er wird für schuldig erklärt. Denn nun gäbe es gar keinen Zweifel mehr, dass *er* hinter deiner Entführung steckt. Wie lange er hinterher weggesperrt wird, weiß ich zwar nicht, doch er wird den Behörden niemals sagen, wo du bist, oder wo man deine Leiche findet – weil er es schlicht und einfach nicht kann! Worauf man annehmen wird, dass er das Geheimnis wohl mit ins Grab nimmt."

Emilio schwieg einen Augenblick lang, schließlich gab er einen belustigten Seufzer von sich und fuhr fort. „Und das alles nur, weil ich am Sicherungskasten kurz den Strom und das Telefon abgestellt habe – den Rest hast du ganz alleine gemacht, so durcheinander wie du warst. Aus Furcht und Verfolgungswahn hast du Dinge gesehen und interpretiert, die gar nicht da waren."

Armer Delago, dachte sie. Als er sie im Dunkeln angesprochen hatte, musste sie völlig überreagiert haben. Sie hatte sich zum damaligen Zeitpunkt in Angst und Hysterie völlig verrannt. Hatte ihre Paranoia kaum mehr im Zaun halten können und nun musste ein Unschuldiger dafür bezahlen. Zwar war Delago sicherlich kein Engel. Nach etlichen Abweisungen hatte sich mit der Zeit in seinem Inneren womöglich sogar ein gewisser Frust gegen Frauen aufgebaut, insbesondere gegen sie. Dennoch hätte sie ihm gegenüber niemals so panisch reagieren dürfen. Sie machte sich Vorwürfe, denn was nun auf Delago zukam, hatte er nicht verdient. *Ich bin so töricht gewesen*, tadelte sie sich innerlich. Nun würde nämlich jemand der Vergewaltigung, des Mordes und der Entführung angeklagt. Jemand, der nichts getan hatte. Und das alles während sie in der Folterkammer eines Killers festsaß.

Emilio hatte an alles gedacht. Hatte sie verrückt und paranoid gemacht mit seinen Audiodateien, sodass sie letztlich bei Delago ausgerastet war. Und nun ging man davon aus, dass dieser sie wahrscheinlich getötet und irgendwo verscharrt hatte. Irgendwann würde man noch nicht einmal mehr nach ihr suchen. Emilio Grandis Plan war also perfekt. Letztendlich wäre sie einer der vielen Menschen dieses Erdballs, die einfach spurlos verschwunden waren. Während sie in Wirklichkeit den Rest ihres Lebens in einem dunklen Verlies verbringen würde. In den Händen eines Psychopathen, der mit ihr tun und lassen konnte, was er wollte.

„Wie du siehst, fügt sich alles, wie es sich fügen soll.
Was bedeutet, dass wir von nun an gemeinsam die
Ewigkeit verbringen können. Wir beide, für immer. So
wie es sich gehört", sagte er mit einem zufriedenen Lächeln.

Wieder fühlte sie, wie sich ihre Nackenhaare aufrich-
teten und ihr kühl wurde. Dem, was er sagte, würden
Taten folgen, soviel wusste sie. Er hatte zu lange darauf
gewartet. Darauf, sie endlich in seinen Fängen zu haben. Dass sie endlich ihm gehörte. Die Vorstellung davon, mit ihm die Ewigkeit zu verbringen, rief ein Frös-
teln in ihr hervor und ließ sie immer wieder aufs Neue
in Panik verfallen. Sie wusste, dass sie nun für immer
sein Besitz war. Trotzdem fehlte ihr jede Fantasie dazu,
sich wahrhaftig auszumalen, was es bedeuten würde,
für ihr restliches Leben die Sexsklavin eines psychopa-
thischen Perversen zu sein.

An Flucht war kaum zu denken. Im Moment jedenfalls. *Vielleicht irgendwann einmal.* In ferner Zukunft,
wenn sie etliche Gespräche mit ihm geführt und mit
der Zeit sein Vertrauen gewonnen hätte. *Vorausgesetzt
er nimmt mir jemals dieses verfluchte Klebeband ab.*
Vielleicht würde sie es eines Tages tatsächlich schaffen,
dass er ihr mehr Freiheit gewährte und sie sogar von
ihren Fesseln befreite. Doch ob sie bis dahin seelisch
nicht bereits völlig gebrochen wäre, stellte sich als
nächste Frage. Wieviel Lebenswille würde zu dem Zeitpunkt noch in ihr stecken? *Nein*, sagte sie sich abrupt.
*Darüber werde ich nachdenken, wenn es soweit ist –
falls es überhaupt je soweit kommt.*

Emilio Grandi. Dieser verdammte, kranke Bastard.
Seit dem Tod ihrer Schwester war er in ihren Gedanken

allgegenwertig. Mal mehr, mal weniger, doch er war immer da. Er war es, der alles verändert hatte.

Für sie war er das personifizierte Böse, mit dem alles Übel begonnen hatte. Er war der Golem. Und nun hatte er sie alle beide. Konnte sie beide als die Seinen betrachten. Erst ihre Schwester und jetzt auch sie. Nun war seine Liste vollständig.

Plötzlich kniete er sich vor ihr nieder. „Eines musst du mir allerdings glauben." Er faltete seine Hände und sah dabei flehend zu ihr auf. „Ich schwöre dir, dass ich dir stets treu geblieben bin. Da gab es zwar diese eine in Tonezza del Cimone, diese Emanuela Fellini. Es hatte aber nichts zu bedeuten. Ich wollte es eigentlich gar nicht, aber ich fühlte mich so im Stich gelassen und allein – ich musste mich doch irgendwie ablenken!"

Schuldbewusst kräuselten sich seine Augenbrauen und er fügte hinzu: „Und dann gab es noch jemanden in Calavena – doch das war's dann! Ehrlich! Von da an habe ich es tatsächlich geschafft, mich zu beherrschen. Mich aufzusparen. Für unser Zusammentreffen. Glaub mir!"

Er blickte ihr noch eine Zeit lang reumütig entgegen, schließlich richtete er sich wieder auf und sagte: „Es war mir wichtig, dir das zu sagen. Ich dachte du solltest es wissen."

Wie sie bemerkte, hatte sich der zugeschnürte Bindegürtel seines Bademantels gelöst. Es war geschehen, als er sich erhoben hatte. Durch einen Schlitz konnte sie erkennen, dass er nackt war. Konnte seine behaarte Brust und seinen schlaffen Penis sehen. Die ganze Zeit über war ihr vollends klar gewesen, in welcher Situa-

tion sie sich befand. Doch der Blick auf seine Genita-
lien, den sie soeben erhaschte, katapultierte sie erneut
in die grausame Realität und ließ ihr die Tragweite dessen, was ihr bevorstand, noch deutlicher bewusst werden. Es traf sie wie eine Wucht und wiederholt verfiel
sie einer Angststarre. Augenblicklich begann sie zu zittern und kalter Schweiß perlte über ihre Wangenknochen, während sich der Wunsch nach dem Tod sehn-
süchtiger denn je in ihr festigte.

Noch immer sah er sie an. Blickte ihr tief in die Augen,
als sein Ausdruck plötzlich leer wurde. Seine Hand näherte sich ihrem Gesicht und strich sanft über ihre
Wange. Anschließend fuhr sie nach hinten, wo sich
seine Finger in ihrem Haar vergruben. Er kam näher
und schmiegte sich an sie. Er leckte ihr Ohrläppchen
und schnupperte an ihr. Auf ihrer Haut konnte sie seinen Atem spüren, während sie vernahm, wie er kaum
hörbar stöhnte.

Er löste sich von ihr und blickte ihr in die Augen.
Dann begriff sie: Es war so weit. Nun würde er sich nehmen, was er so lange ersehnt hatte. Und wie er sie ansah, kam es ihr so vor, als würden sich seine Augen ver-
dunkeln. Als hätte das Böse selbst augenblicklich seinen Schatten über sie gelegt.

Plötzlich streckte er seine Zunge aus und leckte ihr
Gesicht, vom Kinn bis zur Stirn. Er führte die Bewegung
blitzartig aus, wie eine Schlange, die plötzlich zubiss.
Augenblicklich zuckte sie zusammen. Dabei konnte sie
die rauen Papillen seiner Zunge spüren, wie sie sich
feucht und kratzig über ihr Gesicht schlängelten. Sie
fühlte sich gedemütigt. Ausgeliefert. *Warum darf ich
nicht sterben? Hier und jetzt. Auf der Stelle.*

Dann schnüffelte er wieder an ihr, an ihrer Ohrmuschel, an ihrem Haar und sie hörte, wie sein Atem zittrig wurde. Sie weinte und begann zu schreien, doch durch das Klebeband entwich ihr kaum ein Laut.

„Ganz ruhig", meinte er mit sanfter Stimme.

Mit einer langsamen Bewegung zog er ein Klappmesser aus einer der Seitentaschen des Mantels. Am Griff befand sich ein kleiner Knopf, den er betätigte, worauf augenblicklich eine scharfe Klinge hervorsprang. Deren glänzende Oberfläche reflektierte das flackernde Kerzenlicht und verstreute es in kleinen Lichtkegeln über den gesamten Raum.

Unweigerlich näherte sich das Messer ihrem Büstenhalter. Sie wand sich, reckte sich, aber es half nichts. Drei schnelle Schnitte an Steg und Trägern und das Kleidungsstück glitt lautlos zu Boden. Eine weitere unaufhaltsame Flut an Tränen entwich ihren Augen und strömte über ihr Gesicht.

Er begaffte ihren zierlichen, nackten Busen, während sein Kinn unbewusst nach unten rutschte.

„Wie schön du nur bist", flüsterte er und fasste dabei mit einer zögernden Geste an eine ihrer Brüste. Er knetete sie und biss sich lüstern auf die Lippen.

Anschließend bückte er sich zu ihrer Hüfte hinab und Lorena sah, wie sich die Klinge des Messers dem Slip näherte. Augenblicklich begann sie, wie wild zu zappeln, stieß mit ihren Beinen in alle Richtungen und versuchte nach ihm zu treten. Beinahe hätte sie ihn am Kopf getroffen, doch er wehrte den Tritt ab und blickte überrascht zu ihr auf.

Als er wieder auf Augenhöhe war, erkannte sie blanke Empörung in seinem Gesicht. „Na schön." Seine

Stimme klang trotzig und nervös. „Zwar wollte ich es nicht und dachte, ich könnte dir ein wenig Freiraum lassen. Aber du zwingst mich ja förmlich dazu."

Sie beobachtete, wie er sich mit verbittertem Ausdruck zu Boden kniete und eine der ledernen Manschetten öffnete. Sofort stieß sie wieder um sich. Trotz aller Gegenwehr war es für ihn ein Leichtes, eines ihrer Beine einzufangen. Mit ein wenig Kraftaufwand zerrte er ihr Fußgelenk nach unten und schnürte eine der Manschetten um ihren Knöchel. Egal wie sehr sich Lorena wehrte, er schaffte es letztlich, auch ihren zweiten Fuß zu greifen und zu fesseln.

Nun war sie völlig wehrlos. Mit ausgestreckten Armen und gespreizten Beinen stand sie da und nichts konnte ihn noch daran hindern zu tun, was ihm vorschwebte. Aus seinem Gesichtsausdruck las sie, dass er wieder einigermaßen besänftigt war. Gleich darauf blitzten die Lichtkegel der funkelnden Messerklinge durch den Raum.

Er schnitt den Slip an beiden Seiten auf, worauf ihr letztes Stück Kleidung zu Boden fiel. Sein Blick richtete sich auf den Bereich zwischen ihren gespreizten Beinen und seine Augen weiteten sich, als hätte er einen Schatz entdeckt. Sein Gesicht glich einer Teufelsfratze, der das Wasser im Mund zusammenlief, während es seine Beute betrachtete.

Sie fühlte sich bloßgestellt. Wie ein Objekt. Ein Objekt, das er einfach gebrauchen würde, sobald ihm der Sinn danach stand. Nie in ihrem Leben hatte sie größere Beschämung empfunden als in diesem Moment. Sie beobachtete, wie er eine jede Zone ihres Leibes genauestens in Augenschein nahm. Ihre Brüste, ihre

Beine, ihre Scham. Und wie er ihren nackten Körper begierig von unten bis oben musterte, fühlte sie sich von Sekunde zu Sekunde mehr erniedrigt.

Dann trat er auf sie zu. Lorenas Herz pochte ihr bis zum Hals. Es hämmerte wie eine Trommel, wobei sie spürte, wie ein jeder Schlag bebend durch ihren gesamten Körper zuckte. Mit aller Kraft wand und reckte sie sich erneut, doch er blickte ihr bloß ausdruckslos entgegen.

Dann erfasste sie schließlich endgültig, dass es nutzlos war. Alles, was sie in diesem Moment täte, wäre zwecklos. Er würde seinen Willen bekommen. In jedem Fall. Und so spürte sie, wie sie genau in diesem Moment das durchlebte, was man allgemein als *aufgeben* bezeichnete. Nun hatte er sie gebrochen.

Ihr Wille war verschwunden. Genauso wie ihre Selbstachtung. Nun war nichts mehr da. So blickte sie ihm völlig entkräftet entgegen und stellte dabei fest, wie sein Grinsen immer breiter und breiter wurde.

KAPITEL 31

Angespannt stand Domenico vor dem Rechner, blickte auf den Bildschirm und bewegte die kabellose Computermaus. Auf dem Desktop führte er einen Doppelklick auf der App eines polizeilichen Programms aus. Es öffnete sich ein Fenster, das ihn aufforderte, sich mittels Dienstnummer und einem zusätzlichen Passwort einzuloggen. Plötzlich öffnete sich ein leeres Zahlenfeld, darüber stand:

Bitte geben Sie den Gerätecode ein.

Darauf wandte sich Domenico dem schwarzen Koffer zu, der geöffnet direkt vor ihm auf dem Tisch stand. Darin befanden sich mehrere elektronische Geräte, wie Abhörvorrichtungen, Ferngläser und Minikameras. Darunter waren ebenfalls einige kleine Schatullen, die so groß waren wie ein Ringbehälter. Er griff nach einer von ihnen und klappte sie auf. Sie war leer. Auf der Innenseite der Öffnung war eine sechzehnstellige Zahlenkombination eingraviert.

Er tippte den Zahlencode in das Feld und die Meldung:

Tracker-ID bestätigt

erschien auf dem Bildschirm. Im Anschluss zeigte
sich eine digitale Landkarte, auf welcher ein roter, blin-
kender Punkt aufleuchtete. Erleichtert nickte er, denn
wie er sah, kam das Signal nicht aus Lorenas Appartement, was bedeutete, dass er nun genau wusste, wo sie
sich befand. Er hatte sie nämlich mit einem Tracker
ausgestattet. Ein Sender, mit dem er ihren Standort be-
stimmen konnte. Er hatte es ohne ihr Wissen getan und
war niemals glücklicher über eine seiner Entscheidun-
gen gewesen als in diesem Moment. Er hatte den Sender an der Innenseite ihres goldenen Armreifs angebracht, welchen sie, wie er beobachtet hatte, kaum ablegte. Er hatte es am Morgen nach der Nacht getan, an
der sie sich geliebt hatten. Als er im Badezimmer war
und ihren Schmuck auf einem der Regale erblickt
hatte. Den Tracker hatte er bereits länger mit sich her-
umgetragen und bloß den richtigen Augenblick abgewartet.

Der Sender war kein würfel- oder münzgroßes Gerät,
im Gegenteil, er war das Ergebnis modernster Techno-
logie und in etwa so groß und dünn wie ein Papier-
schnipsel. Seine Außenschicht haftete an jeglichen
Oberflächen, was die Möglichkeit schuf, ihn an Klei-
dungsstücken, Fahrzeuge oder sogar menschlicher
Haut anzubringen. Er gehörte zur Grundausrüstung
seiner Undercover-Tätigkeit. Für seine Vorgesetzten
war es nämlich unerlässlich, stets zu wissen wo sich
ihre ermittelnden Beamten aufhielten. Dies diente für
den Fall eines unerwarteten Zwischenfalls, oder den
Umstand, dass sich ein Beamter für längere Zeit nicht
meldete, was bedeuten konnte, dass dieser entweder in
Schwierigkeiten geraten oder aufgeflogen war.

Für Domenico war von Anfang an klar gewesen, dass Lorena in Gefahr schwebte. Dass ein Verrückter sie beobachtete und ihr Botschaften zukommen ließ, war nicht auf die leichte Schulter zu nehmen – und schon gar nicht bei einer Vorgeschichte wie der ihren. Aus Erfahrung wusste Domenico, dass solche Situationen schnell außer Kontrolle geraten konnten. Trotzdem hatte er nach reichlicher Überlegung beschlossen, Lorena bezüglich des Trackers in Unkenntnis zu lassen. Sie quasi aus dem Hintergrund zu beschützen. Das Wissen um einen weiteren stillen Beobachter hätte ihr bestimmt ihr seelisches Genick gebrochen.

Er machte einen Bildschirmabgriff der Karte, markierte darauf den roten Punkt und fügte ihn einer E-Mail bei. Im Anschluss versah er die Nachricht mit dem Betreff:

Gekidnappte Person an folgendem Standpunkt, Täter gefährlich und höchstwahrscheinlich bewaffnet, sofort Polizei und Krankenwagen verständigen!

Er sendete die E-Mail an den Notruf, kurz darauf saß er in seinem schwarzen Alfa Romeo, ließ den Motor an und trat erneut wie wildgeworden auf das Gaspedal.

Domenico hatte die Koordinaten auf sein Smartphone übertragen und blickte unermüdlich auf das Display. Sie führten ihn an den Rand der Stadt, wo sich die umliegenden Wälder verdichteten. Es war dunkel und ein Sturm hatte sich über ihm zusammengebraut. Tobender Regen klatschte aus allen Richtungen gegen die Karosserie des schwarzen Alfas, der sich fauchend und zischend eine kurvige Gebirgsstraße empor kämpfte.

Domenico konnte kaum etwas sehen, die Lichtkegel der Scheinwerfer wurden durch Nebel und Regen augenblicklich gebrochen. Immer wieder begegneten ihm mit braunem Regenwasser geflutete Straßenabschnitte und wie er diese hindurch brauste, spürte er förmlich, wie keiner der vier Wagenreifen mehr festen Boden berührte. Dennoch gab Domenico nicht auf und trat weiterhin das Gaspedal durch. Ab und an erhellte sich der Himmel für einige Sekunden, worauf sich ein krachender Donnerlaut in sein Ohr bohrte.

Laut des GPS-Signals musste er ganz in der Nähe sein, nur noch ein oder zwei Kurven. Plötzlich kam ihm, wie aus dem Nichts, eine Schlammlawine entgegen. Sie war aus den dunklen Schatten hervorgetreten, die ihn umgaben und ergoss sich in Windeseile über die Fahrbahn. Er scherte rechtzeitig aus und fuhr über den Straßenrand, wo ihm dunkler Matsch entgegenspritzte, als er wieder aufs Gas trat.

Das Gewitter schien immer heftiger zu werden, der Wind pfiff heulend durch die Wälder, die Scheibenwischer waren völlig überfordert und allmählich kam es ihm so vor, als bewegte sich sein Gefährt keinen Meter mehr voran. Wie er einen Augenblick später feststellte, kam es ihm nicht nur so vor, denn er steckte tatsächlich fest.

„Mist!", schrie er wütend und öffnete die Fahrertür. Er streckte seinen Kopf in den strömenden Regen und blickte nach hinten, um das Problem auszumachen. Wie er sah, saß einer der Hinterreifen im Schlamm fest.

Er drückte das Pedal bis zum Anschlag durch, der Motor jaulte und der sich drehende Reifen fauchte in einem kaum mehr zu ertragendem Ton. Bei aller Potenz war der Alfa Romeo an seine Grenzen gestoßen und konnte sich nicht mehr aus der Lage befreien. So ließ Domenico vom Gas ab und beobachtete, wie der Reifen langsam in der braunen Brühe versank. Nervös betätigte er die Warnblinkanlage und stieg schweren Herzens aus dem Wagen. In weitem Bogen bewegte er sich geradewegs auf den Kofferraum zu und öffnete ihn. Er griff ins Innere und zückte einen Schraubenzieher hervor. Womöglich müsste er eine Tür aufbrechen oder würde ihn anderweitig benötigen. So verstaute er ihn augenblicklich in seiner Lederjacke und schlug verärgert die Kofferraumtür zu.

Ohne eine Sekunde verstreichen zu lassen, rannte er darauf eilig den matschigen Straßenrand entlang, mitten durch das Unwetter. Weiter und immer weiter. Seine durchnässten Klamotten klebten wie eine zweite Haut an ihm, während er immer wieder das tropfnasse Haar aus seinen Augen strich.

Inmitten des Getöses der wütenden Regenfälle vernahm er plötzlich das sprudelnde Geräusch eines Gewässers, das sich immer mehr in den Vordergrund drängte. Er wischte sich den Regen aus den Augen und blickte sich angestrengt um. Aus der Ferne erkannte er einen gewaltigen Wasserfall, der einen Hügel hinabströmte und in einer dunklen Schlucht mündete. Als er näher kam, wurden hinter dem Sturm die Umrisse eines Gebäudes sichtbar. Es befand sich direkt daneben und auf den ersten Blick wirkte es, als würde das Bauwerk jeden Moment von der strömenden Wasserflut mitgerissen.

Als er weiterging, entpuppte sich das Haus als eine luxuriöse, große Villa. Sie war auf felsigem Gestein errichtet worden und die gesamte Rückseite des Bauwerks schien mit dem Hügel verschmolzen zu sein. Die Entfernung stimmte mit dem Signal überein, wodurch er wusste, dass das sein Zielort war.

Die Straße, auf der Domenico sich befand, führte an der Hauseinfahrt der Villa vorüber. Er wusste, dass er nicht einfach zur Vordertür hineinspazieren konnte. Um nicht entdeckt zu werden, musste er durch einen Seiteneingang, ein offenes Fenster oder Derartiges eindringen. So kniff er die Augen zusammen, verließ den Straßenweg und rannte weiter. Unermüdlich kämpfte er sich durch nasses, hügeliges Strauchwerk und Gestrüpp direkt auf das Gebäude zu.

Als er ankam, musste er noch einige Meter an Felsgestein emporklettern, um sein Ziel endgültig zu erreichen. Er tastete am moosbefallenen Gestein nach Halt und arbeitete sich langsam nach oben. Plötzlich schlüpfte er ab und drohte das glitschige Dickicht hinabzurutschen. In letzter Sekunde schaffte er es sich an einem nassen Geäst festzukrallen, welches aus dem Felsen ragte.

Oben angekommen, lehnte sich Domenico gegen das Gemäuer der Villa und verschnaufte einen Moment lang. Er keuchte und war völlig außer Atem. Schließlich nahm er sich zusammen und kundschaftete das Grundstück aus. Das Rauschen des Wasserfalls war ohrenbetäubend und seine Sicht durch die stetigen Regenfälle eingeschränkt. Vorsichtig tastete er sich die Wand entlang, welche sich nach einigen Metern um eine Ecke schwang. Dort kreuzte eine Grenzmauer, welche ihm bis an die Hüften reichte, seinen Weg. Er überwand sie und befand sich in einem gigantischen Garten. Er erblickte gepflegten, englischen Rasen, einen Whirlpool und einen Pavillon.

Rechts von sich sah er die gläserne Terrassentür der Villa und ging sofort auf sie zu. Dort zog er den Schraubenzieher aus seiner Jackentasche und nahm die Tür von oben bis unten genauestens in Augenschein. An jedem Winkel des Gebäudes erkannte er Kameras und direkt über ihm befand sich eine Alarmvorrichtung. Doch keines der Geräte blinkte, was nahelegte, dass der Alarm deaktiviert war. *Hast es nicht nötig, die Anlage zu aktivieren, wie? Du fühlst dich wohl sehr sicher in deinem Versteck*, spekulierte Domenico in seinen Gedanken und war zugleich erleichtert über den Umstand, dass sich der Psychopath so sehr in Sicherheit wog.

Am liebsten hätte er einfach die Scheibe eingeschlagen und sich schnellstmöglich ins Innere begeben, denn die Zeit drängte. Er wusste, dass Lorena in Gefahr war – in Lebensgefahr. Was, wenn er sie nicht rechtzeitig finden würde? Was, wenn sie bereits tot war? Würde dergleichen Wirklichkeit, so könnte er sich das niemals verzeihen. Die Gedanken an all jene Szenarien verursachten erneut diesen erdrückenden Kloß in seinem Hals. Augenblicklich nahm er sich wieder zusammen und versuchte jegliche Horrorvorstellungen abzuschütteln. So entschied er sich letztlich, bedacht vorzugehen, um niemanden aufzuschrecken oder auf seine Spur zu bringen.

Wenn er über all die Jahre etwas von seinen kriminellen Bekanntschaften gelernt hatte, dann wie man sich unerlaubt Zugang in ein Gebäude verschaffte. Man musste nur wissen, wo man sein Werkzeug ansetzte. Es musste genau die richtige Stelle sein, egal um welche Art Tür es sich handelte und schon konnte man sich unbemerkt Zutritt verschaffen.

Als er den richtigen Punkt gefunden hatte, führte er die flache Metallspitze in den Schlitz zwischen Rahmen und Tür. Anschließend stemmte er sein Gewicht dagegen und begann den Schraubenzieher in mehrere Richtungen zu bewegen. Mit voller Kraft drückte und zerrte er, es quietschte und knackte, letztlich folgte ein leichter Stoß mit seiner Schulter und die Tür schwang nach innen auf.

Sofort ließ er das Werkzeug wieder in der Tasche verschwinden und zückte seine *Beretta*. Vorsichtig trat er ein, worauf donnernde Blitze für kurze Zeit den Raum erhellten. Wie er feststellte, befand er sich in einem großen, geräumigen Wohnzimmer. In gebückter Haltung tastete er sich schleichend voran. Über die Zielvorrichtung der *Beretta* blickte er sich forschend in alle Richtungen um.

Er trat über die Schwelle eines offenen Durchgangs und gelangte in einen Flur. Diesen säumten offen stehende Türen. Wie er sich umsah, wanderte für einige Sekunden erneut ein Blitzlicht durch das Gebäude. Dabei fiel sein Blick in einen der Räume. Es schien eine Art Hausbibliothek zu sein. Auf leisen Sohlen ging er den

Türstock hindurch und versuchte, in der Dunkelheit etwas zu erkennen. Wieder blitzte es und er sah, dass sich an allen Seiten des Zimmers etliche Bücherregalschränke säumten. Jedoch passte etwas nicht an dem Bild. Als er näher trat, erkannte er, dass die Kanten eines Regalschranks nicht bündig mit dem restlichen Mobiliar verliefen.

Domenico packte zu und rüttelte an dem Schrank, als er bemerkte, dass sich das komplette Möbelstück bewegte. Wie er es aus einem *Indiana-Jones*-Film kannte, ließ es sich wie eine Tür nach innen schwingen. Zu seinem Erstaunen verbarg sich dahinter eine altsteinerne Treppe. Sie führte über einen engen Schacht hinab in die Dunkelheit. Das aus Stein gehauene Gewölbe ähnelte dem einer Mine und es war nicht auszumachen, wie weit der Schacht in die Tiefe führte.

Domenico schluckte, atmete ein und trat anschließend die Stufen hinab. Ein schimmliger Geruch stieg ihm in die Nase und die Luft schien dünner zu werden. Achtsam setzte er einen Fuß vor den anderen. Der Abstieg schien endlos und ab und an perlte ein kalkiger Wassertropfen von der Decke, der ein glucksendes Geräusch durch die Wölbungen hallen ließ.

In der Finsternis, weit unten in der Tiefe, offenbarte sich allmählich der schwache Schein einer Lichtquelle. Er ging weiter, worauf sich das gedämmte Licht schrittweise als eine alte Petroleumlampe entpuppte. Als er sie erreichte, hielt er inne und schärfte seinen Blick. Sie hing an einem Nagel, der aus dem feuchten Steingemäuer ragte, direkt über einer rostfarbenen Stahltür.

KAPITEL 32

Er war nackt. Den Bademantel hatte er unlängst abgelegt und machte sich schon seit längerer Zeit scharf. Geilte sich an ihr auf. An ihrem Körper. Er schmiegte sich an sie und sie fühlte, wie sein harter Schwanz ihren Schenkel streifte. Er leckte ihren Hals und saugte mit schmatzenden Geräuschen an ihrer Haut. Er hatte sich Zeit gelassen. Eine seiner Hände war zwischen ihren Beinen. Sie spürte, wie seine rauen Finger ungeschickt an ihrer Vagina rieben. Sie war trocken und es tat weh. Er stöhnte und gab abartige, grunzende Laute von sich. Seine andere Hand knetete mit primitiver Grobheit ihren Busen. Wie ein Urmensch.

Bald wäre es so weit, das wusste sie. Er hatte sich schon viel zu lange zurückgehalten. Er hatte es auskosten wollen. Die Vorfreude. Das Adrenalin und die Gelüste. Den Moment, auf den er solange gewartet hatte. Doch nun konnte er nicht mehr warten. Er hatte es bereits solange hinausgezögert, dass er mit Sicherheit wie eine Bombe platzen würde, sobald er in ihr wäre.

Er wich zurück und blickte sie an. Nun war der Augenblick da. Sie sah es in seinen Augen. Einige Sekunden vergingen. In seinem Gesicht sah sie ein dunkles Grinsen, als wäre er der Teufel persönlich. Dann fasste er an seinen Penis und führte ihn an ihre Scheide. Im selben Moment erklang aus der Ferne der quietschende

Ton der Stahltür. Das Geräusch hallte durch das Gewölbe und Emilio blickte grimmig auf.

Lorenas Herz begann augenblicklich wie wild zu schlagen. Ihr Atem wurde hitzig und sie fühlte, wie das Leben sie wieder hatte. Der Wille war wieder da! Denn ihr nahendes Leid, die bevorstehende Qual, die ihr gesamtes restliches Leben zerstören würde, war hinausgezögert worden. Selbst wenn es sich nur um einige Minuten handeln würde, so durchströmte sie dennoch Hoffnung.

Emilio Grandi biss sich verdrossen auf seine Zähne und begann zu knirschen.

„Das ist jetzt nicht wahr, oder?", zischte er hinter seinen bebenden Lippen hervor. Er ballte die Fäuste und sie sah, wie sein Schwanz augenblicklich schrumpfte. Geschwind griff er nach seinem am Boden liegenden, schwarzen Mantel. Eilig blies er einige der Kerzen aus und huschte in hohen Sätzen der Dunkelheit entgegen.

Nachdem er im Schutz der Schatten verschwunden war, vernahm Lorena Schritte, die immer lauter und deutlicher wurden. Sie kniff die Augen zusammen und versuchte angestrengt, etwas zu erkennen. Im Dunkeln bildete sich allmählich eine Silhouette ab. Langsam braute sich das Bild zu einer männlichen Gestalt zusammen – es war Domenico, wie er mit gezogener Waffe vorsichtig durch die Wölbungen des Verlieses trat.

O Domenico ... mein lieber Domenico ...

Eine Flut an Tränen schoss aus ihren Augen. Nie hätte sie erwartet ihn nochmals wiederzusehen und niemals hatte sie damit gerechnet, dass er sie finden würde. Dass er hier auftauchte, jetzt, in der dunkelsten Stunde ihres Lebens, war völlig ausgeschlossen gewesen. Erleichtert erschlaffte ihr Körper, dennoch spürte sie, wie er unaufhaltsam weiterzuckte vor Weinen.

Als Domenico sie erblickte, sah sie ihm förmlich an, wie es ihm das Herz brach, sie so zu sehen. Sein Ausdruck war erschüttert und seine Augen wurden wässrig. Sofort rannte er geradewegs auf sie zu. Er verstaute die Pistole hinter seinem Rücken und umklammerte mit beiden Händen ihr Gesicht.

„O mein Gott! Lorena!" Seine Stimme klang verzagt, so als würde sie jeden Moment versagen. Dann riss er ihr das Klebeband von den Lippen.

„Wo ist er?", fragte er eilig und blickte sich dabei um.

„Ich weiß es nicht ..." Ihr Mund und ihre Kehle fühlten sich trocken an und sie schaffte es kaum zu sprechen. „Er ist verschwunden, aber er muss hier noch irgendwo sein!"

„Hier unten, meinst du?", wollte er wissen. Plötzlich erklang ein hysterischer, langer Schrei aus dem Hintergrund und Emilio Grandi sprang aus dem Schatten hervor. Lorena zuckte zusammen, während sich Domenico umwandte und seine Waffe hervorzog. Grandi aber stürzte sich mit voller Wucht auf ihn und die beiden Männer prallten zu Boden. Lorena sah, wie Domenicos Pistole durch die Luft katapultiert wurde und stieß einen verzweifelten Schrei aus. Domenico und Grandi wälzten und wanden sich über den harten Steinboden. Sie ächzten und krächzten, während sie sich gegenseitig zu bezwingen versuchten. *Bitte gib nicht auf, Domenico! Bitte rette uns!*

Domenico gelang es, Grandi von sich wegzustoßen und richtete sich blitzschnell auf. Auch Grandi erhob sich, worauf sich die beiden Rivalen einen Moment lang finster anstarrten. Schließlich stürmte Grandi erneut wie wild geworden auf Domenico zu und die beiden Männer stürzten sich in ein erbittertes Handgemenge. Grandi schien völlig außer Kontrolle und verhielt sich wie ein wildes Tier, das einen plötzlichen Adrenalinschub erhalten hatte.

Die Männer teilten Schläge aus und versenkten gegenseitig mehrere Fausthiebe in ihren Gesichtern. Krächzende Laute dröhnten durch das steinerne Gewölbe und Blutspritzer verstreuten sich in der Luft.

Fiebrig und besorgt beobachtete Lorena das Gemetzel, während sie glaubte, ihr trommelndes Herz würde jeden Moment aus ihrer Brust platzen. *Bitte, du musst ihn bezwingen, Domenico!*

Ungeahnt sprang Grandi mit dem Kopf voran auf Domenico zu, worauf dieser augenblicklich mit dem Rücken voran gegen die harte Steinmauer geschleudert wurde. Domenico stieß einen Schmerzlaut aus, trat Grandi jedoch augenblicklich wieder entgegen. Dieser setzte erneut zum Schlag an, Domenico konnte abwehren und versenkte einen präzisen Fausthieb mitten in Grandis Visage. Anschließend glückte es Domenico, seinen Gegner mit beiden Händen am Hals zu packen. Mit aller Kraft drückte er zu. Sein Widersacher rang nach Luft und hechelte. Sein Gesicht lief rot an und seine Augen drohten aus ihren Höhlen zu springen, während er verzweifelt versuchte, sich aus Domenicos Fängen zu befreien. Jedoch ohne Erfolg. Allmählich schien es, als würde er das Bewusstsein verlieren, als sich Domenicos Griff plötzlich lockerte.

Zweifellos wollte Domenico ihn weiterhin würgen, doch augenblicklich verließen ihn seine Kräfte. Als hätte er seinen Körper nicht mehr unter Kontrolle, erschlafften seine Hände und Arme. In Domenicos Augen lag ein irritierter Ausdruck, als er langsam an sich herabblickte. Dann sah er den Griff des Klappmessers, der aus seinem Körper ragte. Die Klinge steckte in seiner rechten, unteren Rippenregion. Klebriges, dunkles Blut quoll aus der Wunde und wurde von seinem T-Shirt aufgesogen. Grandi blickte ihm entgegen und begann zu grinsen.

„Nein!", schrie Lorena aus Leibeskräften und dann gleich noch einmal lauter und länger. „Neiiin!"

Emilio Grandis hämisches Lachen vermischte sich mit Lorenas Gebrüll, während Domenico zusammenbrach. Mit dem Rücken zur Wand glitt er langsam zu Boden. Er fasste sich benommen an seine Wunde und versuchte zu verhindern, dass das hervorquellende Blut seinen Körper verließ, doch es sprudelte unaufhaltsam zwischen seinen Fingern hindurch.

Gemächlich ging Grandi vor ihm in die Hocke und sah ihm mit ein wenig Bedauern entgegen. „Denkst du, es hat die Leber erwischt?"

Lorena wusste, dass es kein wahres Bedauern war. Es war Zynismus und er genoss den Moment.

„Nein, dann müsste das Blut dunkler sein, beinahe schwarz", sagte er. „Wäre dem so, hättest du nur noch fünf Minuten zu leben. Wenn du die Verletzung fest abdrückst, hast du vielleicht noch fünfzehn. Aber ich persönlich tippe eher auf die Niere. Oder ist es vielleicht die Bauchspeicheldrüse?"

Lorena sah, wie Domenicos Augenlider schwer wurden und er kurz davor stand, das Bewusstsein zu verlieren. Er keuchte angestrengt, während er sich erneut versuchte aufzuraffen. Den letzten verbleibenden Lebensfunken dafür nutzte, um sich noch einmal zur Wehr zu setzen. Letztlich fiel sein Körper jedoch in sich zusammen, worauf er sich nicht mehr zu bewegen vermochte. Einzig sein Gesicht spiegelte Frust und Verachtung wider, während er seinem Peiniger entgegensah.

„Domenico!", schrie Lorena verzweifelt. Dann richtete sich ihr Blick auf Grandi und sie spürte, wie sie außer sich war. So außer sich, wie sie es noch nie in ihrem Leben war. Nach allem was er ihr angetan hatte und antun wollte, versuchte er nun auch noch Domenico zu töten. Dass er ausnahmslos alles und jeden, das ihr etwas bedeutete, zerstören wollte, ließ ihre Wut augenblicklich ins Unermessliche steigen. Wäre sie nicht gefesselt, so wusste sie, hätte sie Grandi getötet. „Du elender Bastard!"

„Wieso?", fauchte Emilio entrüstet. „Was findest du an dem Kerl? Denn wie's aussieht, ist er ein Taugenichts!" Er blickte wieder zu Domenico, der schwach und gepeinigt an der Wand lehnte, kaum mehr imstande, seine Augen offen zu halten. Einige Sekunden sah er ihm stumm entgegen und musterte seine lahmen Gesichtszüge. Emilios Ausdruck wurde wieder besänftigt. Der Anblick stellte ihn mehr als zufrieden, denn er hatte sich durchgesetzt und sich erfolgreich gegen den Eindringling behauptet.

„Weißt du", begann er mit selbstgenügsamer Stimme zu sprechen, „da gibt es diese Geschichte von der Schnecke und dem Lama. Und wir alle wissen, dass das Lama

sehr gut im Spucken ist. Es ist sogar *verdammt* gut darin – es ist der Spuckweltmeister! Niemand kann soweit spucken wie das Lama. Doch das Lama in unserer
Geschichte ist leider auch ein ziemlicher Angeber. Andauernd rühmt es sich damit, dass noch nie jemand gegen ihn gewonnen hätte. Und es hat recht, denn jeder
weiß, das Lama verliert nie. So protzt es unaufhörlich –
ein echter Scheißkerl eben. Die anderen tierischen Bewohner des Ortes haben mittlerweile die Nase so richtig voll von ihm und seiner Prahlerei. Zuweilen ver-
sucht sogar der ein oder andere gegen ihn anzutreten,
bloß um ihm endlich das Maul zu stopfen."

Emilio zuckte kurz mit den Schultern und spreizte
seine Arme. „Doch niemals ist es jemandem gelungen,
gegen ihn zu gewinnen – so ist das nun mal." Langsam
ließ er seine Hände wieder sinken. „Ist doch eigentlich
klar, denn jeder weiß: Das Lama verliert nie."

Er blickte einen Moment zu Boden. Es wirkte, als
müsse er sich sammeln, doch dann sah er unerwartet
auf und in seinen Augen lag ein Funkeln. „Trotzdem
steht da irgendwann eine Schnecke vor ihm und
möchte es versuchen. Das Lama kann sich kaum mehr
halten vor Lachen und freut sich bereits, in Kürze wieder das Hochgefühl eines Sieges zu verspüren. Denn es
weiß, genauso wie jeder andere, dass das Ganze übel
für die Schnecke enden wird. So versammeln sich
sämtliche Tiere der Umgebung um das Lama und die
Schnecke. Der Schneckenmann gibt seiner Frau noch
einen Kuss, dann stellt er sich neben seinen Rivalen –
bereit dazu, den Kampf aufzunehmen. Die Menge tobt
und jubelt!" Euphorisch gestikulierte Emilio mit Hän-

den und Füßen und seine Stimme klang erregt und begeistert. „Pfiffe und Rufe dringen aus dem Publikum, womit es die Schnecke solidarisch anfeuert! Und dann ist es soweit: Das Lama und die Schnecke konzentrieren sich, würgen und geben Schnarrlaute von sich, denn sie versuchen, so viel Speichel wie möglich in ihren Mündern zu sammeln. Schließlich ist es mucksmäuschenstill. Gespannt verfolgt die Menge das Geschehen und kann es kaum mehr erwarten! Und dann spucken die beiden endlich.“ Plötzlich hielt Emilio inne und erstarrte, es war, als hätte jemand unerwartet auf Pause gedrückt. Seine Gliedmaßen sanken langsam nieder.

„Niemand kann glauben, was er da zu sehen bekommt“, sprach Emilio niedergeschlagen weiter. „Das Lama verschluckt sich, genau in dem Moment, als es zu Spucken ansetzt. Es keucht und aus seinem Mund dringen höchstens ein paar Speicheltropfen, die sich einsam über den Sandboden verteilen. Ein wahrhaft erbärmliches Bild. Die Schnecke hingegen hat es bereits hinter sich. Sie hat zwar nicht weit gespuckt, aber immer noch weiter als das Lama. Es ist still und das Publikum muss erst mal realisieren, was da eben passiert ist. Plötzlich bricht Beifall aus. Die Tiere kreischen und klatschen! Die Schnecke hält es selbst kaum für möglich. Das Lama weicht zurück und eine Schar Bewohner tritt aus der Menge und klopft der Schnecke auf die Schulter. Seine Frau kommt herbei und drückt ihm voller Stolz einen Kuss auf. Die Zuschauer sind völlig außer sich, lachen und freuen sich.“

Wieder hielt Emilio inne. Sein Ausdruck wurde leer und seine eben noch so euphorisch gestikulierenden

Arme und Hände erschlafften. Er schwieg einige Sekunden und blickte bestürzt umher.

„Doch plötzlich …“, sagte er entgeistert. „Die Menge geht auseinander. Jemand kommt zum Vorschein. Es ist das Lama. Das Gesicht des Lamas ist ausdruckslos und kalt.“

Domenico blickte Emilio entgegen und es war, als würden sich die umliegenden Geräusche dämmen, bis nur noch einzig und allein Emilios Stimme zu hören war.

„Die Schnecke sieht, wie das Lama auf sie zukommt.“ Emilios Worte verstummten erneut. Eine unheimliche Stille breitete sich aus. Dann fuhr er fort. „Zuerst tritt das Lama mit seinen schweren Hufen auf das Schneckenhaus der Frau, sodass der Schneckenmann ihr Leid mitansehen muss. Schließlich zertrümmert es vor seinen Augen ihren Schädel. Blut und Teile ihres Gehirns verteilen sich über den sandigen Boden. Dann blickt das Lama die Schnecke an, denn nun ist er dran. Als es ihn schließlich zerschmettert und getötet hat, geht es davon … und wieder bestätigt sich, was ohnehin alle wissen: Das Lama verliert letztlich nie.“

Die Atmosphäre war düster und beklemmend und Domenico fehlten die Worte. Es blieb noch einige Momente lang ruhig und Emilio nickte, so als würde er sich in Gedanken selbst bei etwas zustimmen.

„Mein Vater hat mir die Geschichte mal erzählt“, sagte er und sah Domenico in die Augen. Dann fügte er gelassen hinzu: „Kapierst du jetzt, wie es in dieser Welt läuft? Schlussendlich gewinne auch *ich* immer.“

Domenico war irritiert und spürte, wie er Emilio unweigerlich einen Blick der Abscheu entgegenwarf. *Was für ein kranker Scheiß*, dachte er. Er wollte etwas Zynisches darauf erwidern, zum Beispiel wie vom psychologischen Standpunkt aus betrachtet, ungemein interessant die Aussage war, dass sein Vater ihm die Geschichte erzählt hatte. Aber er sparte es sich. Stattdessen spürte er erneut Zorn in sich aufsteigen. Zorn auf sich selbst. Weil er sich hatte niederstechen lassen von diesem Psychopathen und sich nicht mehr wehren konnte. Wahrscheinlich würde er nun sterben. Hier in diesem dunklen Verlies. Und er würde Lorena zurücklassen. Alleine mit diesem kranken Drecksverl. Diesem Sadisten. Sie würde Höllenqualen erleiden und Undenkbares über sich ergehen lassen müssen. *Nein*, schrie es in ihm auf. *Nein!* Noch durfte er nicht gehen. Zuerst musste er sie befreien. *Egal wie.* Dann könnte er seine Augen schließen. Den Schmerz hinter sich lassen. Zuvor musste er sie aber in Sicherheit wissen.

Augenblicklich testete Domenico insgeheim seine Motorik. Er sammelte seine Kräfte, strengte sich an und versuchte die Finger zu bewegen. Sie zu einer Faust zu ballen. Wie durch ein Wunder schaffte er es. Ob seine Kräfte reichten, um Emilio außer Gefecht zu setzen, war fraglich. Ihm blieb jedoch keine andere Wahl, als es wenigstens zu versuchen. Denn er hatte genug von ihm. Von ihm und seinen abartigen Perversionen, seinem Anblick und seinen absurden Vorstellungen einer Fabelerzählung. Noch mehr Wut staute sich in ihm an. *Ein Schlag*, sagte er sich. *Nur ein einziger Schlag. Der Wichser ist direkt vor mir.* Seine geballte Faust bebte, worauf sein gesamter Arm zu zittern begann. Er musste der Sache ein Ende setzen.

Emilio bemerkte, wie Domenico zappelte und blickte ihn fragend an. *Jetzt oder nie,* schrie Domenicos innere Stimme. Da bündelte er all seine Kräfte, die ihm noch zur Verfügung standen und holte zum Schlag aus. Einen Augenblick später klatschte seine Faust gegen Emilios Gesicht.

Ein Schwall Blut flutete aus Grandis Nase, worauf er einen Moment lang wie ein Betrunkener vor und zurück wankte. Anschließend kippte er um und schlug vornüber auf dem Boden auf.

Domenico keuchte, worauf sein gesamter Körper zu Boden sank. Er nahm sich zusammen und versuchte sich aufzuraffen, doch er schaffte es nicht. Er fasste an den Griff des Messers und ein Schmerzenslaut entwich ihm. Er zog es langsam aus sich heraus und spürte, wie es sich erneut durch das Fleisch schnitt, seine Venen und die Muskeln. Anschließend katapultierte er es in hohem Bogen beiseite.

Er hörte Lorenas Stimme. „O Gott, Domenico! Du hast es geschafft!"

Aus seiner Wunde floss erneut eine Flut aus Blut und er blickte auf seine blutverschmierten Hände. Er fühlte sich benebelt. Vor seinen Augen verzerrten sich die Bilder und er sah nur noch verschwommen.

„Scheiße, Mann ... das ist mir jetzt grad irgendwie *zu* filmisch", stieß er gebrochen hervor. Er blickte kurz zu Lorena auf und erkannte ihr sorgenerfülltes Gesicht. Er hörte ihr Schluchzen und sah ihr die Angst an, die sie um ihn empfand. Offenbar wollte sie ihm etwas zurufen, aber ihre Stimme erstickte.

Mit aller Kraft begann er auf allen vieren zu krabbeln und arbeitete sich mühselig vor. Er wusste, dass er sich beeilen und sie befreien musste und zwar bevor Grandi wieder zu sich käme. Plötzlich erblickte er seine *Beretta*, sie lag einige Meter vor ihm. Er kroch durch den Raum, zu schwach, um seinen Schädel anzuheben, wodurch seine Wange immer wieder den kühlen Steinboden entlangstrich. Er stöhnte vor Schmerzen. Als er die Pistole erreichte, sackte sein Leib ermattet zusammen und blieb reglos liegen. Ihm wurde kalt und seine Augen offen zu halten, stellte sich augenblicklich als die bisher schwierigste Aufgabe seines Lebens dar – und auch als seine letzte, soviel wusste er.

„Nein, Domenico! Bitte, du musst durchhalten!" Zwar hörte er Lorenas panische Schreie, doch er konnte nicht anders, als sie zu ignorieren. Mit allen ihm zur Verfügung stehenden Kräften streckte er schließlich seinen Arm aus und fasste nach dem Griff der Waffe. Er versuchte sie anzuheben. Vergebens. Er war zu kraftlos. Erschöpft strich er sie über den kantigen Steinboden und positionierte sie direkt vor seinem Gesicht. Da er nicht mehr imstande war, seinen Schädel zu bewegen, lag sein Kinn wie versteinert auf dem Boden auf. Speichel drang unkontrolliert aus seinen Mundwinkeln und perlte über seinen stoppeligen Kinnbart. Mit einer mühsamen Bewegung winkelte er die Pistole an, sodass er über ihren Lauf hinwegsehen konnte. Er blickte durch das Visier, doch wie er feststellte, sah er mittlerweile doppelt. Nun musste er eine Entscheidung treffen.

Eigentlich war der Plan, Grandi eine Kugel in den Kopf zu jagen. Da er allerdings den Weg zur Pistole auf sich genommen hatte, lag dessen Körper inzwischen weit hinter ihm. Er wusste, dass er es inzwischen kaum mehr schaffen würde, einen Schuss abzufeuern, geschweige denn sich zu Grandi umzuwenden. Lorena hingegen befand sich direkt vor seinen Augen, wehrlos und gefesselt. Der Fall war also klar und er musste handeln, bevor er endgültig das Bewusstsein verlor.

Er versuchte sich zu konzentrieren, kniff eines seiner Augenlider zusammen und neigte den Lauf der *Beretta* einige Millimeter nach rechts. Er bemerkte, wie Lorena ihn mit großen Augen beobachtete und zu enträtseln versuchte, was er vorhatte. Unbeirrt hielt er augenblicklich seinen Atem an – dann schoss er.

Der Rückstoß der Waffe erschütterte seinen gesamten Körper, wodurch er sie beinahe aus der Hand verlor. Wie er feststellte, hatte er sein Ziel verfehlt. Alles, was er ausgerichtet hatte, war ein Einschussloch, das sich hinter Lorena in der riesigen Glasscheibe geöffnet hatte.

In seinen Gedanken verfluchte sich Domenico, während das Geräusch des strömenden Wasserfalls nun noch lauter durch das Gemäuer hallte. *Das war's*, blitzte es ihm durch den Kopf, denn er wusste, dass er seine Chance soeben vertan hatte.

Dann schloss er seine Augen.

„Domenico!", drang Lorenas langer, hysterischer Schrei in sein Bewusstsein.

Schwach schrak er auf, wobei sich eines seiner Augen öffnete. *Wo bin ich?* Er fühlte den Griff der Pistole in seiner Hand. *Ach ja, genau.* Erneut blickte er über das

Visier hinweg und zielte. Seine Hand zitterte. Sie zitterte so stark, als leide er an der Parkinson-Krankheit – gleich würde ihm die Waffe aus den Fingern gleiten.

Komm schon, du Penner. Ein Schuss noch. Ein allerletzter Schuss.

Ein lauter Knall dröhnte durch das Gewölbe, sowie das Klirren einer von Lorenas Stahlketten, die sich soeben entzweite. Indes platzte ein weiteres Einschussloch aus der Glasscheibe, direkt hinter ihr.

Lorena traute kaum ihren Augen, zu ihrer Linken hing eine Kette vom Gerüst und schwang leer in der freien Luft umher. Eine ihrer Hände war frei, die Kugel hatte die Kette direkt über ihrem Handgelenk durchtrennt.

Sofort blickte sie zu Domenico. Er regte sich nicht. Sein Gesicht war mit geschlossenen Augen zur Seite geneigt und die Waffe lag vor ihm. Er hatte das Bewusstsein verloren.

„Ich komme, Domenico! Halte durch!", schrie sie aus Leibeskräften und versuchte ihre rechte Hand zu endketten. Plötzlich vernahm sie Gestöhne. Sie sah auf. Es war Grandi. Er schüttelte benommen den Kopf und war gerade dabei, sich aufzurichten.

Sie wusste, dass sie es nicht rechtzeitig schaffen würde und blickte auf der Suche nach einer Lösung panisch umher. Zu ihren Füßen lag das blutige Messer. Sie überlegte für den Bruchteil einer Sekunde, dann fasste sie blitzschnell nach unten und griff danach. Anschließend hob sie ihren Arm und führte ihr Handgelenk direkt unter das Ende der freiliegenden Stahlkette, sodass es aussah, als wäre sie noch immer gefesselt. Die

Klinge des Messers ließ sie in den Hintergrund ragen, damit sie auf den ersten Blick nicht zu sehen war. Hastig kontrollierte sie, ob sie alles richtig gemacht hatte, denn würde sie auffliegen, so wäre sie im Nu aus dem Rennen. Hätte ihre letzte Chance vermasselt und das Spiel verloren. Sich quasi selbst disqualifiziert.

Als sie wieder nach vorne blickte, stand er bereits vor ihr. Ein kleines Grinsen lag auf seiner hinterhältigen Miene und er blickte abwechselnd zu ihr und Domenico hinab.

„Tja, wie's aussieht ist dein Freund umsonst gekommen", meinte er locker. „Alles, was er hier gefunden hat, war letztlich sein eigener Tod." Dem fügte er ein verächtliches „Vollidiot" hinzu.

Plötzlich bebten seine Lippen. Voller Groll blickte er sie an und sie erkannte das abgrundtief Böse in seinen Augen. Augenblicklich überkam sie eine Angstwelle, die sie bis ins Mark erschütterte.

„Bezahlen wirst allerdings du für diese Misere, die verlorene Zeit und die Fausthiebe, die ich einstecken musste", fauchte er, zugleich endknotete er erneut den Gürtel seines schwarzen Mantels und Lorena sah das haarige Werkzeug zwischen seinen Beinen.

„Wo waren wir stehen geblieben?" Er trat langsam auf sie zu. Sein Blick war finster und düster. Sie versuchte den Schrecken zu verdrängen, ihn beiseite zu schieben, denn sie hatte noch eine allerletzte Chance – und die musste sie nutzen. Sie hatte nur einen Versuch, also musste sie sich konzentrieren. Sie atmete tief ein, versuchte sich zu sammeln, während er immer näher kam. Wieder roch sie seinen Gestank. *Na los, komm, du*

Hurensohn. Nur noch einen Zentimeter näher. Ja, gut so, du Schwein.

Plötzlich holte sie aus. Er sah das Messer in ihrer Hand und warf ihr einen verwunderten Blick zu, nicht imstande zu realisieren, was soeben geschah. Mit aller Kraft, die sie aufbringen konnte, stach sie zu. Die Klinge rammte sich in seine Kehle und sie fühlte, wie sie sich geschmeidig durch das Fleisch und die Sehnen schnitt. Ein warmer Schwall aus Blut ergoss sich über ihr Handgelenk und floss ihren Arm hinab. Er sah sie direkt an, seine Pupillen starr vor Entsetzen. Dann zog sie die Klinge aus der Wunde. Blut spritzte ihr entgegen, in ihr Gesicht, auf ihre Brust und blieb schmierig an ihrem Körper haften. Der eben noch so selbstsichere Ausdruck auf Grandis Gesicht weitete sich nun zu einem erschrockenen Zerrbild. Indes wusste Lorena, dass sich sein entsetzter Blick auf ewig in ihr Gedächtnis prägen würde. Erschöpft ließ sie das Messer sinken.

Mit beiden Händen fasste sich Emilio panisch an den Hals, doch das Blut spritzte zwischen seinen Fingern hindurch. Indes spürte Lorena, wie sie mit ihren nackten Füßen in einer gigantischen Blutlache stand, die sich inzwischen über weite Teile des Fußbodens ergossen hatte.

Emilio bekam keine Luft und röchelte gurgelnd. Wie ein Betrunkener taumelte er schließlich nach hinten, seine Augen weit aufgerissen. Er stieß mit dem Rücken gegen die steinerne Wand, seinen Blick starr auf sie gerichtet. Einige Sekunden sahen sie sich an, der Moment war schauerlich. Dann sank er langsam zu Boden. Als wolle er sie noch einmal berühren, nahm er plötzlich eine Hand von seiner Kehle und streckte den Arm nach ihr aus. Sein Anblick war erbärmlich. Sie ließ ihn nicht aus den Augen und wartete. Schließlich sah sie, wie seine Hand allmählich zu Boden sank. Müde und entkräftet. Im selben Moment konnte sie beobachten, wie ihn das Leben langsam verließ. Dann schloss er seine Augen und blieb reglos liegen.

Lorena schnappte nach Luft, als hätte sie Minuten lang den Atem angehalten. Als sie sich endlich beruhigt hatte, fasste sie an die Fessel ihrer rechten Hand. Mit zittrigen Fingern fuchtelte sie an der Kette herum, die sich um ihr Gelenk schwang und versuchte sich zu befreien. Endlich, der Verschluss löste sich. *Jawohl!* Geschwind bückte sie sich zu ihren Füßen hinab und öffnete die ledernen Manschetten.

Umgehend stürmte sie los, ihren Blick auf Domenico gerichtet. Ihre Fersen glitten auf dem nassen, roten Boden aus und sie landete kopfüber inmitten von Emilio Grandis Blutlache. Sie stieß einen lauten Schmerzensschrei aus und versuchte sich augenblicklich wieder aufzurichten. Ihr gesamter Körper war völlig blutverschmiert. Vor ihren Augen erblickte sie die transparente Tüte mit Tamaras Unterwäsche. Sie griff nach ihr und erhob sich. Hastig öffnete sie den Beutel und schlüpfte in Büstenhalter und Höschen. Dann watete sie schnell und vorsichtig durch das viele Blut und rief dabei immer wieder Domenicos Namen.

Völlig außer Atem erreichte sie seinen bewegungslosen Körper und kniete sich zu ihm. „Bitte, Domenico, du musst aufwachen! Du darfst nicht tot sein!"

Sie wandte ihn um, so dass er auf dem Rücken lag und beugte sich über ihn. Ihre Ohrmuschel über seinen

Mund, lauschte sie, ob er noch atmete. Leider vernahm sie kein einziges Lebenszeichen von ihm.

„O Gott!", schrie sie voller Verzweiflung und begann ihn zu reanimieren. Währenddessen schossen ihr tausend Gedanken durch den Kopf. Würde Domenico hier und heute sterben, so wusste sie, würde sie ihres Lebens nicht mehr froh. Er hatte sie gesucht, hatte nicht aufgegeben und allein seinetwegen, war sie nun nicht mehr gefangen. Er hatte sie gerettet. Und zwar in jeder Hinsicht, in der man jemanden nur retten kann. Sei es in der Liebe, an deren Gefühl sie sich schon kaum mehr zu erinnern vermochte. Nämlich zu spüren, wie sich Leidenschaft in ihrem Inneren entfachte und sich das Gefühl aufdrängte, jemanden zu vermissen, wenn er nicht da war. Sowie er auch ihren Körper gerettet hatte, vor bevorstehendem Leid und Qualen. Er war kein Idiot, wie Grandi ihn bezeichnet hatte. *Nein!* Der Schuss auf ihre Fesseln war eine wohlüberlegte Handlung gewesen, um im Ermessen der Situation den bestmöglichen Ausgang herbeizuführen. Und es hatte funktioniert. Dass er gekommen war, um sie zu retten, bedeutete, dass er für sie sterben würde und genau das durfte nicht passieren. *Nicht heute! Nicht jetzt! Ich brauche dich doch!*

Augenblicklich überschlug sie ihre Hände, legte sie über sein Brustbein und begann sein Herz wiederzubeleben. Sie zählte fünfzehn Stöße und pustete ihm unverzüglich dreimal Luft in seine Lungen.

„Verdammt, wach auf, Domenico! Du musst kämpfen!", brüllte sie außer sich und setzte die Herzmassage mit weiteren fünfzehn Schüben fort. „Bitte komm zurück zu mir!"

Unverzüglich beatmete sie ihn wieder, worauf sie seiner Brust erneut fünfzehn Stöße verabreichte. Während sie ihm weitere dreimal Luft in seine Lungen hauchte, keuchte Domenico plötzlich auf. Augenblicklich spürte sie, wie ihr ein Lächeln über die Lippen wanderte. Sie war so erleichtert, als sei eine tonnenschwere Last von ihren Schultern gefallen.

„O Domenico", wimmerte sie freudig, während Tränen über ihre Wangenknochen perlten. Sofort umklammerte sie sein Gesicht und küsste ihn mehrmals. Zwar blieben seine Augen weiterhin geschlossen und er hatte sein Bewusstsein noch immer nicht wiedererlangt, doch er lebte. Und das war alles, was zählte.

Ein Gurgeln drang aus dem Hintergrund.

Langsam wandte sich Lorena um.

Sie spürte, wie ihre Augen sich weiteten, als hätte sie einen Geist erblickt. *Das kann doch nicht sein. Wie ist das möglich!* Sie fühlte, wie ihr Körper erstarrte, während sie beobachtete, wie sich Emilio mühsam und gebrechlich vor ihr aufbäumte. Wieder streckte er den Arm nach ihr aus und trat mit wackeligen Schritten auf sie zu. Auf der klaffenden Wunde an seiner Kehle bildeten sich Blutblasen, die sofort wieder zerplatzten, mit jedem Atemzug, den er vollbrachte. Lorenas Herz schlug ihr bis zum Hals und sie fürchtete erneut einer Angststarre zu verfallen. *Nein! Dieses Mal nicht!* Dazu hatte sie inzwischen zu viel erlebt. *Dieses Mal mache ich dich fertig!*

Sie griff nach Domenicos *Beretta*, die direkt vor ihr lag und erhob sich. Emilio Grandis Körper im Visier, blickte sie in seine von Bosheit erfüllten Augen – dann drückte sie ab. Ein ohrenbetäubender Knall schallte

durch das Gemäuer, während ein fleischiges Einschussloch aus Grandis Brust platzte. Gleichzeitig wurde sein
Körper ruckartig eine Schrittweite nach hinten gerissen. Sein Röcheln erstickte und er spie Blut aus seinem
Rachen. Mit angsterfüllten, weit aufgerissenen Augen
sah er sie an, wohlwissend, dass er nun endgültig verloren hatte. Da hallte plötzlich das Geräusch eines weiteren Schusses durch den Raum, worauf er erneut nach
hinten gestoßen wurde. Ehe er sich versah, gab Lorena
noch einen Schuss ab und gleich darauf noch einen, sie
machte immer weiter und weiter. Eine Reihe an Einschusslöchern übersäte Emilios Körper, Blut spritzte
durch die Gegend und zierte die umliegenden Stein-
wände.

Lorena hörte erst auf zu feuern, als er mit dem Rücken dicht an der gläsernen Wand stand. Dann trat sie
langsam auf ihn zu und blickte ihm ein letztes Mal ins
Gesicht. Das Gesicht, das sie einst höhnisch angegrinst
hatte. Doch von einem Grinsen war nichts mehr zu erkennen. Alles, was sie darin noch sehen konnte, war Be-
stürzung und Angst. Bäche aus Blut sprudelten aus seinem durchlöcherten Leib und sie fragte sich, wie er
noch immer aufrecht stehen konnte. Da zielte sie auf
seine Stirn.

„Wer verliert, sollte es stillschweigend hinnehmen",
sagte Lorena. „Arschloch."

Erstarrt blickte er ihr entgegen, worauf sie ungerührt
den Abzug betätigte. Ein lauter Knall. Dann sah sie, wie
sich zwischen seinen Augen ein schwarzes Loch öffnete, hinter ihm splitterte zugleich ein weiteres Einschussloch aus der Glaswand und Teile seiner Schädel-
decke und des Gehirns verteilten sich darauf. Einen

Moment später wankte er nach hinten und durchbrach mit seinem Körper die Scheibe. Das Geräusch klirrender Glasscherben durchdrang den Raum. Schließlich beobachtete sie, wie Emilio Grandi vom Strom des Wasserfalls erfasst und mit in die Tiefe gerissen wurde.

Nun war es vorbei.

Endgültig.

Wie's aussieht, verliert auch das Lama irgendwann einmal, dachte Lorena.

Sie ließ die Waffe fallen und rannte eilig zu Domenico zurück, machte dieses Mal jedoch einen Bogen um die riesenhafte Blutlache. Sekunden später kniete sie sich zu ihm und legte seinen Kopf auf ihre Schenkel. Kaum hörbar erklangen aus der Ferne Sirenengeräusche und Lorena atmete erleichtert auf.

„Hörst du? Hilfe ist gleich da. Bitte öffne deine Augen!", wimmerte sie. Doch er regte sich nicht. Sie schüttelte ihn, küsste ihn und konnte ihre Tränen nicht zurückhalten. „Stirb mir jetzt nicht weg! Bitte!"

Sie umklammerte sein Gesicht und schrie ihn an. „Mach deine verdammten Augen auf! Bitte!" Ihre Worte erstickten vor Weinen und sie fasste an seine Schultern und schüttelte ihn erneut.

Es fühlte sich an, als würde ihm jemand seine Augenlider zudrücken und er musste alle Kraft aufbringen, um sie auch nur einen Spalt zu öffnen. Kraft, die er nicht hatte. Durch den Schlitz eröffnete sich ihm ein verschwommenes Bild. Er hörte, wie immer wieder jemand nach ihm rief und es klang, als wäre es weit entfernt.

Er erblickte die Umrisse einer weiblichen Gestalt. Schwarzes, langes Haar. Es war gewellt und ihre Gesichtszüge strahlten Sanftmut aus. Glänzende, dunkelbraune Augen sahen ihn an und es war, als würde ihn ein helles Licht blenden. Der Anblick war wunderschön.

„Hey, Mama ...“

Dann schloss er seine Augen. Denn er war müde. So unendlich müde. Er spürte, wie er eine Ohrfeige bekam, von wem auch immer. Unverständliche Worte drangen in sein Ohr. Hysterisches Gebrüll. „Lass deine Augen offen, Domenico!“

Aber er konnte nicht. Er wollte sich ausruhen. Der Schmerz war inzwischen vergangen, selbst die Kälte spürte er nicht mehr – alles war perfekt. Nun könnte er in Ruhe schlafen.

„Hörst du? Du sollst sie offen lassen! Du musst deine Augen offen lassen!“ Die Stimme klang verzweifelt und er vernahm ein Schluchzen. „Bitte tu mir das nicht an!“

Bist du das Lorena?, fragte er sich. Trotzdem machte es keinen Unterschied, er konnte der Bitte nicht nachkommen. Denn nun war es Zeit zu gehen. Zeit, sich zu erholen. Loszulassen. Und plötzlich fühlte es sich an, als würde er schweben.

Mach's gut, Lorena.
Ich liebe dich.

KAPITEL 33

Gepolter. Das Aufschwingen einer Tür drang in sein Bewusstsein. Seine Lider öffneten sich einen Spalt. Der Schein von Neonlampen brach über ihn herein. Lichtkegel die geschwind an ihm vorüber schwirrten. Stimmen. Mehrere Stimmen, die sich gegenseitig etwas zuriefen. Wackeln. Das Geräusch von quietschenden Rädern.

Ein Schlauch ragte aus seinem Rachen und er konnte nicht schlucken. Eine fremde Hand, die sich über seinem Gesicht befand, pumpte über einem Beatmungsbeutel Luft in seine Lungen. Er spürte, wie sich sein Brustkorb hob und wieder senkte.

Fremde Gesichter, die sich um ihn herum versammelten und ein medizinisches Kauderwelsch von sich gaben. Aus der Mitte vernahm er wieder diese Stimme.

„Du schaffst es, Domenico! Bleib bei mir!", schrie sie.

„Bitte gehen Sie jetzt zur Seite und lassen Sie die Ärzte ihre Arbeit machen!", mahnte eine andere Stimme.

„Ich liebe dich. Domenico!"

Er war schwach und konnte sich nicht bewegen. Erschöpft fielen seine Augenlider wieder zu und es wurde alles schwarz. Er nahm ein Durcheinander an Sprachfetzen und medizinischen Ausdrücken wahr.

„Was haben wir hier?"

„Männlich, Ende dreißig, Polizist, Stichwunde! Vorübergehender Herzstillstand während des Transports, mit zwei Einheiten Adrenalin reanimiert. Enormer Blutverlust, mit zwei Konserven Null-negativ kompensiert. Schwacher Puls, vor Ort eine Thoraxdrainage gelegt und intubiert!"

„Machen Sie ein Notfalllabor, Thoraxaufnahme und informieren Sie den OP – sofort!"

„Alles klar!"

Ab und an drängte sich wieder jene altbekannte Stimme in den Vordergrund. Sie klang panisch und verängstigt. „Wird er durchkommen? Sagen Sie es mir, ich muss es wissen!"

„Das können wir jetzt noch nicht sagen. Bereiten Sie sich aber auf das Schlimmste vor. Und jetzt machen Sie bitte endlich Platz!"

„Halte durch, Domenico! Bitte!"

Hektische Schrittlaute, Türen, die auf- und zuknallten, ein wahrliches Durcheinander an Geräuschen.

„Erneutes Kammerflimmern!"

„Eine Ampulle *Suprarenin* intravenös, aber ein bisschen plötzlich!"

Ein lauter, durchgehender Ton eines mechanischen Geräts erklang. Weitere Personen, die hinzukamen und medizinisches Gefasel von sich gaben, bis sich die Vokabel allmählich in einem dumpfen Wortgemenge verloren.

Letztlich verklangen die Geräusche. Ganz langsam.

Und dann herrschte Stille.

EPILOG

6 Tage später

Trotz völliger Erschöpfung hatte Lorena in den letzten Tagen kaum zur Ruhe gefunden. Hatte nicht einschlafen können. Wenn sie aber doch einnickte, schlummerte sie allerdings wie ein Stein. Jedoch nur für wenige Stunden. Die typischen Symptome einer posttraumatischen Schlafstörung, wie sie feststellte.

Man hatte ihr ein Krankenbett direkt neben Domenico zur Verfügung gestellt. Der Polizeichef von Mailand höchstpersönlich hatte sich darum bemüht. Seit Tagen lag sie in denselben Klamotten darin, die ihr Massimo vorbeigebracht hatte. Tagsüber saß sie an Domenicos Bett, hielt seine Hand und redete mit ihm, wobei sie stets verzweifelt versuchte, ihre Tränen zurückzuhalten. Sie wollte ihm nämlich Hoffnung geben, ihn nicht spüren lassen, wie ernst es um ihn stand.

Während der stundenlangen Operation waren Komplikationen aufgetreten, die ihn in ein tiefes Koma hatten fallen lassen. Ein Koma, bei welchem es fraglich war, ob er je wieder daraus erwachen würde. Jede Nacht begleitete sie die ständige Angst, dass sie am Morgen darauf aufwachen und anstelle von Domenico ein leeres Bett vorfinden würde. Bereits der pure Gedanke daran zerriss ihr das Herz, wobei sie spürte, wie sich ihre Eingeweide zusammenzogen.

Immer wieder schob sie die Vorstellung beiseite, versuchte sich abzulenken und ging mit den zahlreichen Besuchern, die täglich nach Domenico sahen, einen Kaffee trinken. In der Cafeteria, gleich gegenüber von ihrem Zimmer. Es waren Bekannte und Kollegen aus Domenicos Revier, die ihn besuchten. Sein Vorgesetzter, Luigi Tollini, war ebenfalls darunter. Lorena hatte ihn kennengelernt, noch in derselben Nacht, als sie gemeinsam mit Domenico eingeliefert worden war. Sie alle wussten, was passiert war und begegneten ihr mit höchstem Respekt und Anstand. Selbst Camilla Bruno hatte plötzlich mit einem Blumenstrauß vor ihrem Bett gestanden. Sie hatte aus der Zeitung erfahren, was passiert war und sich sofort auf den Weg gemacht. Lorena war erfreut darüber gewesen und hatte die Frau minutenlang umarmt.

Mario Vino hatte sie ebenfalls gleich am nächsten Tag im Krankenzimmer aufgesucht. Sie erinnerte sich noch an ihn, er war der ermittelnde Beamte, dem sie begegnet war, als man Delago festgenommen hatte. Ihm war zudem der Fall ihrer Entführung übertragen worden, so hatte sie im Beisein von Tollini gleich eine umfassende Aussage abgegeben. Hatte ihnen alles erzählt, von der Audiodatei, mit der alles begonnen hatte, über Domenicos Hilfe, bis hin zu dem Moment, an dem sie von Emilio Grandi verschleppt worden war. Wie sie festgehalten wurde in einem Verlies unter seinem Haus, weit abgeschieden in den Bergen. Bis ins Detail berichtete sie über alles, was geschehen war. Was er mit ihr gemacht hatte und was er noch alles hatte tun wollen. Manchmal weinte sie währenddessen, doch sie erzählte immer weiter. Wie Domenico sie anschließend gefunden und wie er mit Grandi gerungen hatte und alles, das darauf folgte. All die blutigen, grausamen und brutalen Einzelheiten. Ab und an bemerkte sie, wie einer der Anwesenden schluckte. Letztlich hatte sie eine Unterschrift abgeben müssen, worauf sich die Herren verabschiedeten und ihr alles Gute wünschten.

So verstrichen die Tage und Lorena war erstaunt darüber, wie viele Menschen es waren, die vorbeikamen, um sich nach Domenicos Zustand zu erkundigen. Anscheinend wurde er auf dem Polizeirevier sehr gemocht. Auch Fernsehreporter und Journalisten aus umliegenden Zeitungsblättern hatten bereits Anfragen auf ein Interview gestellt. Sie alle berichteten bereits seit Tagen von der Aufklärung und dem spektakulären Ende eines Falls, der in Zusammenhang stand mit einem brutalen Mord und einer Vergewaltigung, die seit über zwanzig Jahren als ungelöst galten. Dass sie die Schwester eines der Opfer war, der Killer sie Jahre später kontaktiert hatte und sie gemeinsam mit ihrem Polizeifreund private Ermittlungen durchführte, bis der Fall in einem blutigen Finale endete, war natürlich ein Medienschlager. Alle wollten Näheres wissen und ein Stück vom derzeitigen Schlagzeilenerfolg abhaben. Und je länger sie darüber berichteten, sorgte der Stoff allmählich nicht mehr nur lokal, sondern auch international für Aufsehen.

Sie wusste noch nicht, ob sie zusagen würde. Alles, was ihr im Moment wichtig war, lag da in diesem Bett neben ihr. Der Rest war unwichtig. Die Stunden und

Minuten, die verstrichen, waren erfüllt von Sorge und Schwermut. Nichts verschaffte ihr Erleichterung, außer die Hoffnung selbst. Die Hoffnung, dass Domenico wieder aufwachen würde und dass sie da weitermachen könnten, wo sie aufgehört hatten. Nämlich an dem Morgen, an dem er ihre Wohnung verließ. Jener Morgen nach der Nacht, in der sie sich nähergekommen waren. Nach so langer Zeit, die sie sich bereits kannten. Zeit, in der sie ihn wöchentlich studiert und alles in Erfahrung gebracht hatte, was es über ihn zu wissen galt. In der er alles über sich erzählt hatte und selbst die Tore der hintersten Winkel seiner Seele für sie geöffnet hatte. Und was dabei zutage trat, war so liebenswert, dass sie sich nicht mehr vorstellen konnte, ohne ihn zu sein.

Als sie ihn darum gebeten hatte, war er ihr zu Hilfe gekommen und hatte sie mit seinem scharfen Verstand unterstützt und als sie gefangen gehalten wurde, war er augenblicklich zur Rettung genaht. Der Preis dafür war, dass er beinahe sein Leben verlor. Manchmal zweifelte sie und verurteilte sich dafür, dass sie ihn in all das mit hineingezogen hatte. Hätte sie ihn nicht um Hilfe gebeten, so wäre all das nie geschehen. Aus therapeutischer Hinsicht wusste sie natürlich, dass selbstauferlegte Schuldgefühle in Augenblicken wie diesen, völlig sinnlos waren. Sie waren ein Phänomen der menschlichen Psyche, da der Verstand die aktuelle Lage nicht imstande war zu akzeptieren. Außerdem änderten sie nichts an der Situation. War man sich dessen bewusst, war es um einiges leichter, all die quälenden Gewissensbisse loszuwerden. *Leichter – jedoch noch lange nicht einfach*, dessen war sie sich bewusst.

Auch vergangene Nacht hatte sie sich immer wieder in Selbstvorwürfen gebadet, Domenicos Lage betrauert und sich im Bett neben ihm stundenlang hin und her gewälzt. Als sie dann endlich eingeschlafen war, stand sie wiederum Emilio Grandi gegenüber, welcher ihr vergnügt entgegengrinste. Es war ein Teufelskreis.

Als sie an diesem Morgen ihre Augen öffnete, durchwanderte sie einen kurzen Augenblick lang der Hauch einer Erleichterung. Wieder war eine schier endlose und grausame Nacht vorüber. Helles Tageslicht strahlte ihr entgegen und sie warf einen Blick auf ihre Armbanduhr. Es war bereits kurz nach zehn. Als sie zu Domenico hinüberblickte, war sein Bett leer, die Laken ausgetauscht und fein säuberlich glattgestrichen. Ein Schauer wanderte augenblicklich über ihren Nacken und blanke Panik überfiel sie.

Ihr Herz pochte. Sofort raffte sie sich auf und eilte aus dem Zimmer. Aufgeregt blickte sie sich um, verzweifelt auf der Suche nach einer Ärztin oder einer Krankenschwester. Der Flur war menschenleer. Sie stieß ein grimmiges: „Verdammt noch mal", aus und marschierte den Gang entlang, vorüber an offen stehenden Türen, die sich rings um sie säumten. Im Vorbeigehen wanderte ihr Blick in jedes der Zimmer. Erfolglos. Sie vermutete, dass wohl sämtliche Angestellte soeben eine Kaffee- oder Zigarettenpause machten. Am Ende des Flurs hielt sie inne und sah aus dem Fenster. Und da stand er. In seiner weißen Patientenschürze und seinen Arm in einer Schlinge. Direkt neben ihm parkte ein leerer Rollstuhl und eine schlanke, in einen schwarzen Anzug gekleidete Frau stand bei ihm, gemeinsam mit einem uniformierten Polizeibeamten.

Sie glaubte es kaum, gleichzeitig spürte sie, wie sich ihre Gesichtsmuskeln zu einem Lächeln formten und ihr Tränen in die Augen schossen. Als jagte sie jemanden, stürmte sie die Treppen hinab. Im unteren Stockwerk angekommen, hastete sie durch einige Gänge, bis sie die gläserne Tür zum Park erreichte.

Als sie die Anlage betrat, hielt sie plötzlich inne und beobachtete ihn. Er lächelte und nickte, während die schwarzgekleidete Frau etwas zu ihm sagte. Aufgrund der Entfernung verstand Lorena keines der Worte, doch die Konversation war augenscheinlich positiv. Der Beamte klopfte ihm kurz auf die Schulter, worauf Domenico zufällig in Lorenas Richtung blickte. Als er sie erkannte, erstarrte sein Blick. Seine Augen kniffen sich leicht zusammen, als er ihr sein charmantes, unverkennbares Lächeln zuwarf.

Die Frau und der uniformierte Mann schüttelten Domenico die Hand, anschließend verließen sie ihn und marschierten in Lorenas Richtung dem Parkausgang entgegen. Augenblicklich stürmte Lorena los. Ohne den beiden Personen Beachtung zu schenken, rannte sie an ihnen vorüber. Mit einem Schmunzeln wandten sich diese nach ihr um und beobachteten das Wiedersehen.

Lorena lief Domenico in die Arme und er schrak leicht zurück. „Vorsichtig." Er lächelte, obwohl er kurz zusammenzuckte. Sie ignorierte seine Aussage, umklammerte hektisch sein Gesicht und küsste ihn. Der Kuss war lang und intensiv und er war, wie jede Pore ihres Seins in diesem Augenblick laut aufschrie, längst überfällig.

„Na komm, lassen wir die beiden in Frieden“, meinte Anna Vivaldi und der Beamte nickte ihr zu. Darauf wandten sie sich genügsam um und gingen weiter.

Noch immer küssten sich Domenico und Lorena. Als sich ihre Lippen trennten, blickte Lorena ihm tief und sinnlich in die Augen. Ein Gefühl des Glücks durchströmte jede Faser ihres Körpers. Einen Moment später verschränkte sie jedoch ihre Arme und trat einen Schritt zurück.

„Warum hast du mich nicht geweckt?“, fragte sie und ihr fiel sofort auf, dass die Frage wie eine Anklage klang. Zwar hatte sie nicht vor, ihn unmittelbar mit Vorwürfen zu konfrontieren, aber wie sie bemerkte, war sie tatsächlich etwas gekränkt.

„Man sagte, du hättest in den letzten Tagen nicht viel Schlaf abbekommen und du hast so süß vor dich hin gedöst. Da wollte ich einfach, dass du dich ausruhst. Außerdem haben wir von nun an den Rest unseres Lebens vor uns. Gemeinsam. Und dafür solltest du ausgeschlafen sein – das sage ich dir.“ Während er sprach, strahlte ihr dieses unwiderstehliche Lächeln entgegen und was er sagte, erheiterte sie. Besonders seine letzte Bemerkung, worauf sie unweigerlich schmunzeln musste.

„Wie fühlst du dich?“

„Etwas ermattet, aber das wird schon“, antwortete er.

„Wozu die Schlinge?“

„Damit ich meinen Arm nicht bewege, die Naht könnte jeden Moment wieder aufbrechen, hieß es.“

Lorena nickte und er fügte spaßig hinzu: „Gibt’s ’nen Preis zu gewinnen, wenn ich jede Frage beantworte?“

Wieder lächelte sie, blickte zugleich verlegen zu Boden und stieß mit der Schuhspitze ein Steinchen beiseite. Einen Augenblick später sah sie wieder zu ihm auf.

„Mir wurde gesagt, Silvio Canelli wurde inzwischen verhaftet", meinte sie. „So hieß der damalige Anwalt von Grandis Vater."

„Hab's gehört und das ist gut so."

„Ja, das ist es."

Ein Schweigen entstand, wobei sie verfolgen konnte, wie sich plötzlich ein beklommener Ausdruck auf Domenicos Gesicht legte. „Wie wird man nur so?"

Sie studierte seine angespannten Gesichtszüge und wusste sofort, von wem er sprach – Emilio Grandi.

„Äußere Einflüsse mögen zwar oft eine Rolle spielen", antwortete sie und spürte, wie ihr unwohl in ihrer Haut wurde, „dennoch ist das Böse in diesen Menschen immer schon da gewesen. Es schlummert, tief im Verborgenen. Daher ist die Frage immer nur *wann* es ausbricht, und nicht *warum*."

Er nickte.

„Man muss unbedingt nachforschen, ob je ein Mord an einem blonden Mädchen oder einer jungen Frau in Calavena stattgefunden hat."

„Calavena?", fragte er vorsichtig nach und sie nickte.

Bisher hatten sie noch keine Zeit gefunden, darüber zu sprechen. – Noch nicht. In seinen Augen erkannte sie, dass er bereits vermutete, weshalb sie ihn soeben auf Calavena hingewiesen hatte. Was sie sagte, konnte nämlich nur von Grandi gekommen sein. Wenn sie etwas wusste, dann nur, weil er es ihr persönlich offenbart hatte.

„Ich habe das bei meiner Aussage zwar bereits erwähnt, dennoch wäre es mir recht, wenn du dich ab und an nach dem Stand der Dinge erkundigen könntest."

„Wir werden es herausfinden. Versprochen", antwortete er knapp. Dann beobachtete sie, wie er aufsah und sich absichtlich bemühte, das Thema zu wechseln.

„Ich wurde entlastet." Seinem Blick wohnte ein kaum wahrnehmbares Lächeln inne. „Die Staatsanwaltschaft bereitet nun anhand des gesammelten Materials die Anklage vor. Das kann zwar etwas dauern, aber immerhin."

„Also wirst du aussagen?"

„Na klar, jetzt geht's dem Magistrat an den Kragen."

„Ich wusste, dass du das sagen würdest", erwiderte sie und verspürte dabei unsagbaren Stolz auf ihn. Sie hob eine ihrer Handflächen und er presste seine dagegen. Sie spielten mit ihren Fingern und er sah sie verliebt an.

„Wie Vivaldi auf dem Revier aufgeschnappt hat, wurde Delago gestern freigelassen. Er sagt, das sei alles ein Missverständnis gewesen."

„Das war es wohl", antwortete sie tonlos. „Trotzdem ist der Mann mir unheimlich."

„Ich werde ihn mal ganz unverbindlich fragen, ob er denn nicht umziehen möchte", sagte Domenico und lächelte dabei verstohlen.

Da war er wieder, dieser Blick. Der Blick, der sagte, dass er alles für sie tun würde, und sie küsste ihn erneut.

„Du wirst dir einen neuen Therapeuten suchen müssen", sagte sie neckend.

„Kannst du jemanden empfehlen?"

„Niemanden, der so gut ist wie ich. Aber da wird sich schon jemand finden lassen.“

Er lachte, worauf er sofort einen leisen Schmerzlaut von sich gab und erneut zusammenzuckte.

„Und was ist mit dir?“, meinte er trotzig. „Du wirst sicherlich auch einen brauchen, soviel steht fest, meine liebe Dame!“

„Ganz recht, auch ich werde mir einen Therapeuten suchen.“

„Na, das ist ja perfekt.“ Dann wies er mit seinem Kinn auf die Tür des Eingangs. „Komm, lass uns reingehen, ich habe einen Riesenhunger. Das salzlose Huhn soll hier vorzüglich sein.“

Sie lächelte.

„Dann rein da mit dir“, erwiderte sie und zeigte dabei auf den Rollstuhl.

Augenblicklich kräuselten sich seine Stirnfalten und er antwortete grimmig: „Keine Chance. Schon genug, dass die Krankenschwester mich damit rausgefahren hat.“

„Schön, dann gehen wir eben zu Fuß, starker Mann“, sagte sie und zog ihn damit auf.

„Und wie wir das tun.“

Schließlich wandten sie sich gemeinsam um und setzten zum Gehen an.

„Apropos, wir sollten in nächster Zeit Urlaub machen. In Tregnago.“

„Warum dort?“, fragte Lorena überrascht.

„Du musst da unbedingt jemanden kennenlernen.“

„A-ha …“

Domenico blickte ihr noch einmal innig in die Augen und streichelte mit einer sanften Berührung ihr langes

Haar. Ein Lächeln entwich seinen Lippen und er küsste sie. Anschließend legte er seinen freien Arm um sie, worauf sie gemächlich dem Krankenhauseingang entgegen schlenderten.

DANKSAGUNG

Allen voran danke ich meiner Agentin Alisha Bionda, ohne sie wäre nichts, wie es nun ist. Ebenfalls bedanke ich mich bei sämtlichen Verlagsmitarbeitern des dp-Verlags, darunter Programmleiterin Francesca Hintz, Geschäftsführer Marc Hiller und meiner Lektorin Daniela Höhne für ihre Aufgeschlossenheit und ihr überaus professionelles Gespür.

Hiermit möchte ich auch meiner Frau Monika danken und zwar für ihre unerschütterliche Geduld und Liebe mir gegenüber – du bist das Wichtigste für mich.

Ebenso danke ich Herrn Thomas Hochkofler für seinen Humor und die Bereiterklärung, sich in die Geschichte einbringen zu lassen.

Überdies hinaus danke ich auch der Landtagsabgeordneten Ulli Mair für ihren herzlichen Beistand bezüglich meiner Recherchen über verschiedenste Rechtslagen Italiens – vielen lieben Dank!

Ein großer Dank gebührt ebenfalls all jenen, welche mich nicht unterstützt, hintergangen und nicht an mich geglaubt haben, wodurch ich mich umso mehr ins Zeug gelegt habe.

Des Weiteren danke ich meinen liebevollen Eltern und engsten Freunden, auf deren Gesellschaft ich durch das Projekt oftmals verzichten musste, danke für eure Geduld.

Ein Dankeschön auch an alle weiteren Menschen, welche nie an mir gezweifelt haben.
Der wichtigste Dank gebührt allerdings jenen, welche dieses Buch in diesem Moment zu Ende gelesen haben: DANKE.